잠깐 운전하고 오겠습니다

잠깐 운전하고 오겠습니다

초판 1쇄 인쇄일 | 2019년 7월 12일
초판 1쇄 발행일 | 2019년 7월 19일

지은이 | 김희철
펴낸이 | 박성면
펴낸곳 | 동아북스

출판등록 | 제406 - 2007 - 000071호
주소 | 경기도 파주시 문발로 115, 세종출판벤처타운 201-A호
전화 | (031)8071 - 5201
팩스 | (031)8071 - 5204
전자우편 | lion6370@hanmail.net

정가 | 13,000원
ISBN 979-11-6302-211-4 (03810)

잠깐 운전하고 오겠습니다

인생은 대리가 아니니까

김희철 지음

동아북스

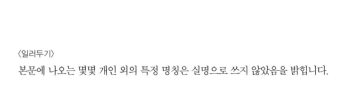

〈일러두기〉
본문에 나오는 몇몇 개인 외의 특정 명칭은 실명으로 쓰지 않았음을 밝힙니다.

저자의 말

직업에 귀천이 없다고 하지만 귀하고 천함은 분명히 있다. 대리운전은 귀하지도 않고 천하지도 않다. 그냥 밥벌이일 뿐이다. 세상에서 가장 존귀한 직업은 어쩌면 책을 만드는 일이다. 인간의 생각을 활자에 담아 대대로 전하는 작은 타임머신을 제조하는 일이니 얼마나 신성한가? 궁형을 받아 고자가 된 사마천의 『사기』, 스콧 피츠제럴드의 『벤자민 버튼의 시간은 거꾸로 간다』, 『조선왕조실록』 등 위대한 책들은 관련 잡서가 수없이 만들어지고 방송·영화 등 각종 영상 콘텐츠들의 모체가 되기도 한다.

저자 혼자 골방에 틀어박혀 이 악물며 쓴다고 책은 나오지 않는다. 책의 내용을 검수하고 오탈자를 고치고 표지를 디자인하고 인쇄하고 홍보하고 기관에 등록하고. 책 한 권이 만들어지기까지는 영화 하나 만드는 일만큼 정말 여러 사람의 노력이 합쳐져야 한다. 책이 완성돼서 팔리면 얼마 되지 않는 인세를 엑셀 파일에 정리해서 매달 보내주는 일도 출판사의 몫이다. 출판시장이 얼어붙으면서 유명 인사의 싸구려 에세이 따위를 기획해서 팔기도 하고, 베스트셀러 리스트를 갖고 놀기도 하는데 그것 또한 그들의 일이다.

책이라 불리는 종이 뭉치는 이제 골동품이 되거나 각 가정의 거실, 또는 새로 생기는 가게 인테리어의 장식품이 되어간다. 휴대폰이나 그보다 좀 큰 기계를 통해 e-book을 읽거나 책 읽어주는 앱을 통해 글의 내용을 로봇 음성으로 듣는 사람들이 점점 늘고 있다. 하지만 여전히 종이책은 많은 이의 사랑을 받는다. 교보

문고 같은 대형 서점은 늘 인파로 바글바글하다. 입시 문제집, 공무원 수험서, 부동산으로 돈 벌기 등 실용도서에 코 박은 사람들도 많지만 인문, 역사, 종교, 예술, 문학 등 정말 책다운 책에 심취한 사람들 역시 수두룩하다. 그래서 세상은 아직 살 만하다.

대리기사 이야기를 책으로 내보라고 많은 분들이 말해주셨지만 애초에 책을 쓰려고 기록한 것은 아니었다. 다큐멘터리 영화를 만들었던 사람으로서 오늘 있었던 일을 까먹기 전에 글과 사진으로 기록하고 싶었다. 그것을 온라인으로 읽고 보는 사람들로부터 반응과 공감을 얻는 것이 상당히 재밌었다. 내 글을 읽는 사람들이 술을 먹고 대리기사를 불렀을 때 기사들에게 함부로 대하지 않고 매너 있게 행동해준다면 그야말로 고마운 일이다.

대리기사는 술에 취한 당신의 차를 잠깐 동안 대신 모는 노동자이지 당신의 노예가 아니다. 이 책을 사서 보는 분들 중 그런 사람은 없겠지만, 내 돈 내서 대리 불렀으니 내 차 안이니까 내 맘대로 해도 괜찮다는 심보는 거둬주시기 부탁드린다. 그것만큼 천박한 것이 별로 없다.

SNS에서 필자의 글을 읽어주시며 소통해주셨던 많은 분들에게 감사한 마음, 한 분 한 분 만나서 전하고 싶다. 그중에서도 정말 소중한 분, 선우미정 부장님. 필자의 첫 번째 글 작업이었던 『세상을 바라보는 나만의 눈, 다큐멘터리』는 들녘출판사에 계셨던 선우미정 부장님의 선택과 노력 없이는 세상에 나오지 못할 책이었다. 이번 책 역시 선우 부장님 덕분에 진행시킬 수 있었다. 필자의 모자라고 잡스러운 글을 좋게 봐주시고 성심성의를 다해 가다듬어주신 동아북스 홍영미 님께도 감사의 말씀 드리고 싶다.

끝으로 세상의 귀가 되고 눈이 되고 입이 되라고 빌어주셨던 나의 어머니, 전에는 참 많이 미운 존재였지만 지금은 늘 막내아들 걱정만 해주시는 나의 아버지, 그리고 항상 옆에서 잔소리와 애정을 동시에 베풀어주시며 사람 만들어주시는 나의 동반자이며 세대주이신 김양희 님께 감사와 존경의 마음 보낸다.

2019년 여름, 김희철

〈차례〉

하천변 폐가를
아지트로 삼은 고양이들

- 삶의 본능은 지혜인가 보다.

밥을 참
맛있게 먹는 고양이들

• 그럼에도 불구하고
  누군가의 손길은 아름답다.

빈집의 건물주들

(왼쪽이 노랑눈, 오른쪽은 야옹이)

- 멋진 포즈는 그냥 나오는 게 아니다.

오늘도 빈집 담벼락에서
밥을 기다리는 노랑눈과 야옹이

- 삶이 기다림의 연속인 걸 증명하면서도 행복할 수 있다니….

세상을 바꾸는
배려심

내가 여태껏 만나거나 보았던 사람들 중에는 부자도 있고 빈자도 있고, 기득권자도 있고 그냥저냥 살아가는 사람들도 있다. 살아가는 방식에는 자유와 개성이 있는 만큼 살아가는 방식이 다른 것을 인정하고 존중해야 한다. 그러나 재물을 많이 가진 자들과 못 가진 자들의 격차, 기회를 많이 가진 자들과 그렇지 못한 자들의 차이가 너무나 심하다. 그리고 이를 당연하다고 생각하는 사람 또한 많다.

이것은 진보와 보수의 문제가 아니다. 진보적이라고 표방하는 많은 기득권자들 역시 자기 밥그릇이 우선이었다. 오히려 보수적이라고 알려진 사람들이 주변을 살피고 챙기는 경우도 많았다. 이는 가진 것의 많고 적음이라기보다 인간성의 문제다.

- 여기, 나무가 있었다.
  그냥 그렇게 살아가고 있는 이들이 모여 있는 곳, 그러나 그 안에는 너무 많은 격려와 위로 또한 있다.

세상을 좀 더 괜찮게 바꿔나가는 것은 배려심이라는 생각이 든다. 나이를 먹어가면 먹어갈수록.

PL러스 카풀로 만난
신용불량자

어제 만난 30대 중반의 남성은 하루 3시간만 잔다고 했다. 하는 일이 4개. 오전에 직장에 다니고, 오후에는 찜질방에 자판기 몇 대 놓고 관리도 하며 대리 운전과 카풀 운전을 병행했다. 이럴 수밖에 없는 게 죽마고우 친구에게 1억 5천만 원을 빌려줬는데 연락이 안 돼서 졸지에 신용불량자가 되었다고 한다. 결혼 자금이 필요하다며 돈을 빌린 친구는 다른 친구들에게도 돈을 빌린 모양이라, 그 돈 다 합치면 10억은 족히 넘을 것 같다고 한다. 채무상환 프로그램에 들어가서 매달 일정액을 갚아나가고 있는데 이제 2년만 하면 된다고 말하며 방긋 웃었다.

그의 시커먼 얼굴이 얼마나 고생하고 있는지 보여주고 있었지만, 환히 빛나는 눈빛에는 인생의 쓴맛을 일찌감치 공부한 김에 반드시 다시 일어서서 보란 듯 잘 살아보겠다는 의지가 가득했다. 그에 비하면 내가 갚고 있는 대출은 쥐꼬리만 하다. 어여 싹 갚아버리고 누구처럼 잘살아봐야지.

ㅋㅋㅇ 카풀의
베타 버전이 시작되었다

오늘 만난 아저씨는 올해 환갑이 됐는데 나라 걱정이 많았다. 내가 굳이 묻지 않았는데도 연신 나라를 걱정하며 "한국은 노조가 너무 강성이다, 최저임금 때문에 결국에 일자리가 줄어든다, 지금 하는 꼴들을 보니 결국 빨갱이들 천지가 되었다." 등등등.

종합적으로 들어보니 나라 걱정이 아니라 재벌들과 대기업의 CEO를 대신해서 걱정해주고 계셨다. 한 사람을 고용할 때 드는 4대 보험, 보너스, 퇴직금 등을 마치 머릿속에 계산기가 있는 것처럼 조목조목 따져서 구체적인 비용으로 얘기하며 나보고 "선생님이라면 사람 쓰겠어요?"라고 묻는다. 결국 기업은 사람을 새로 고용하는 대신 자동화를 하려 하고, 제대로 된 일자리를 구하지 못하는 사람들은 투 잡, 쓰리 잡을 뛰면서 점점 더 가난해

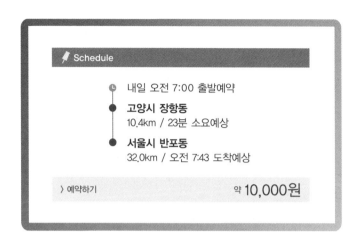

질 수밖에 없다는 논리였다. 일면 설득력 있는 이야기였지만 왜 가진 자들은 계속 더 많이 가져가야 하는가에 대한 얘기는 쏙 빠졌다.

금융 쪽에서 일하다 퇴직 후 모은 돈을 까먹으며 놀다가 얼마 전 금융 컨설팅 일을 시작해서 서류 가방이나마 들고 다니는데, 몇 개월째 한 건도 못 하고 이 사람 저 사람 만나 술이나 먹고 있다고 하셨다.

오늘도 한 잔 걸치신 이분께 외람되지만 "지금 어르신께서 걱정하실 것은 나라가 아니네요."라고 말하고 싶었지만 꾹 참았다.

판자촌 허물어 내고 지은 아파트촌으로 들어가서 한참을 이리
저리 돌다가 기필코 자기 집 코앞에서 내리겠다는 의지의 한국
인 아저씨를 하차시킨 후 평점 1점을 매겼다. 다시는 만나고 싶
지 않은 동행자.

카풀로 만난
입시 전문가 대학생

오늘 옆에 태운 사람은 20대 젊은 친구였다. 대통령이 졸업한 대학을 다니고 있고, 군대도 갔다 왔다고 한다.

영동대교를 지나면서 전화를 잡더니 "문과 수학, 이과 수학, 사탐, 과탐… 국민대 수준…" 등을 읊어대며 과외 받는 학생의 엄마로 추정되는 이에게 입시 상담을 해준다. "학생이 영상 쪽을 하고 싶어 하니 무슨 대 무슨 과, 무슨 대 무슨 과는 이런 전형이니 이렇게 준비하는 게 낫다. 어쩌고저쩌고."

들으면서 속으로 '영상은 아서라. 하지 말라고 해라. 날 봐라. 대학은 나와서 뭐 하겠노?'라고 생각했다.

과외 선생의 진정성이 느껴지는 상담 통화가 끝난 후 또 이런저런 얘기를 하게 됐다.

청년 왈 "방금 이 학생 집은 판교 쪽인데 거기 집값들이 겁나게 올랐다. 전세로 왔던 학생들은 오른 전세비 때문에 어쩔 수 없이 이사를 가야 해서 한 반에서 몇 명은 전학을 갔다더라. 강북은 과외비를 깎아주면 좋아하는데, 강남이나 판교는 실력이 없는 걸로 생각한다. 돈이 얼마가 됐든 우리 애 좋은 성적 내도록, 좋은 대학만 가게 해주라 한다."

목적지에 다다를쯤 그 학생 과외비는 얼마 받느냐고 조심스럽게 물으니, 120만 원 받는다고 한다.

과외는 그 학생만 하는 게 아니라 여러 개를 하기 때문에 청년의 수입은 그보다 아주 아주 훨씬 많았다.

'나 지금 뭐 하고 있지?'

한국 사회는 이렇게 돌아가고 있다.

파지 줍는 노인들, 야간 노동에 시달리는 비정규직은 시간이 흐를수록 가난해지고 정규직 간부, 사립대 이사장들, 재벌가의 통장 잔고는 롯데껌 고층 빌딩 높이를 비웃으며 천정부지로 올라간다.

어제 분신한 택시 기사님의 명복을 빌면서 나는 오늘도 카풀 몇 탕 뛰었다.

ㅋㅋㅇ 대리 운전
시작

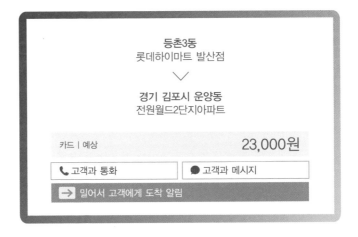

등촌3동
롯데하이마트 발산점

∨

경기 김포시 운양동
전원월드2단지아파트

카드 | 예상   23,000원

📞 고객과 통화   💬 고객과 메시지

→ 밀어서 고객에게 도착 알림

소중한
나의 두 발

내 머리통과 사지육신 오장육부를 지구 위에 서 있게 해주는 것은 발. 늘 나를 먹고살게 해준 것은 발이었다. 걷고 뛰고 운전석 액셀러레이터를 밟아준 게 발이었다. 학교에서 오래 달리기를 할 때도, 60사단 포병 운전병 때도, 오성건재 점원 때도, 그리고 지금도 내 몸 중 발이 가장 소중하다고 느낀다.

지난주 금요일에 ㅋㅋㅇ 대리기사 승인이 떨어졌다. 다음 날 토요일부터 콜을 받을 수 있었지만 동네 주민 콩두부집 회합이 있어 가뿐히 패스하고 일요일 저녁에 스타트를 끊었다.

홍제동에서 가족 모임으로 진창 취한 남편과 말 많은 아내, 길눈

밝은 친정어머니와 끝도 없이 중얼중얼 혼잣말하는 친정아버지
를 태우고 면목동까지 갔다.

대리비는 25,000원이 나왔는데 수수료가 20%라 5,000원이 빠
진 20,000원이 내 몫이었다. 결제는 ㅋㅋㅇ 앱상에서 이미 이루
어졌으니 깔끔. 하지만 공유경제니 4차 산업이니 떠드는 것의
실체는 결국 대기업의 수수료 장사인 게 분명해 보인다. 고리대
금도 아니고 20%가 뭔가?

카드결제	25,000원
수수료	5,000원
포인트	**20,000원 적립**
	12/17 23:09

어제는 강남의 대형 서점에서 책을 보면서 콜을 기다렸는데 콜
뜨기가 무섭게 0.0001초 만에 사라지기를 반복했다. 경기가 좋
지 않으니 술자리가 별로 없어 대리기사 부르는 수요도 많지 않
은데, 나처럼 한푼 벌어 보겠다고 나선 대리기사는 엄청나게 많
기 때문일 것이다.

몇 번의 실패 끝에 번개 같은 터치로 어렵사리 콜을 잡았다. 망원동으로 가는 차였다. 정차할 땐 자동으로 시동이 꺼져서 기름 값 아껴주는 외제 차였다.

안전하게 주차한 후 합정역으로 걸어오다가 일산 가는 콜을 하나 더 잡았다. 이번 차는 내가 편하게 몰 수 있는 SUV였다.

아파트 단지에서 빠져나와 화정역까지 한참을 걸어왔다. 지하철은 한적했다. 앉아서 책을 꺼내 읽을 수 있어서 좋았다.

직업 없는 백수라고 그냥 앉아서 손가락 빨고 있을 성격도 못 돼서 시작했는데, 그럭저럭 할 만하다. 나의 두 발 덕분이다.

매너와
비매너

대리 3건을 했는데 첫 건은 강남에서 송파로, 두 번째 건은 논현동에서 성산으로, 세 번째 건은 반포에서 또 성산으로 가는 취객이었다.

첫 번째 중년 남자는 매너가 넘쳤는데 아무 말이 없었다.

두 번째 중년 남자는 흘러간 가요들을 블루투스를 이용해 차량 스피커로 들었다. 그러다 전화가 울렸는데 나이가 꽤 들어 보이는 여성의 목소리가 "오빠~ 잘 도착했어?"라고 물었다.

세 번째 30대 후반이나 40대 초반으로 보이는 여성은 말을 정말 기분 나쁘게 했다. 최근에 두 번이나 대리 운전 기사의 주차 사고가 있었다면서 나도 그럴 것 같다는 뉘앙스로 말했다. 확 운행을 중단하고 싶었지만 꾹 참고 안전하게 목적지에 도착했다.

차를 세워둔 곳으로 돌아올 때 첫 번은 지하철로, 나머지 두 건
은 카풀을 이용했다. 다행히 쿠폰이 생겨서 두 번 다 0원에 올
수 있었다.

첫 번째 차 드라이버는 수행기사를 한다는 중년의 아저씨였다.
자기가 모시는 여회장님은 주로 청담동에서 논다면서 '쇼핑, 골
프, 마사지, 여행'이 회장님의 주된 일과라고 말했다.
두 번째 차 드라이버는 수유리 사는 30대 중반의 골초였다. 영상
편집 쪽 일을 하는데 요즘은 슈퍼 유튜버들의 영상물을 편집해
주는 재택근무를 한다고 한다. 자기 친구도 대학로에서 주연급
연극배우인데 대리 운전과 카풀을 한다. 나중에 '라지오 스타' 같
은 데 나와서 말할 추억거리를 하고 있는 거라고 말하며 웃었다.

공차로 귀가하기가 아까워서 카풀 앱을 켜고 서쪽으로 가는 동
승자를 잡았다. 남녀 커플이 뒷자리에 탔다. 그런데 진상이었다.
타자마자 휴대폰 영상을 크게 틀어놓고 낄낄거리고 휴대폰 플
래시를 켜서 운전을 방해했다. 계속 큰 소리로 떠드는 걸 참다
참다 결국 폭발해서 목동 오목교 근처에서 내리라고 말했다. 여

자는 미안하다고 했지만 남자는 자기네들이 뭘 잘못했냐고 박박 우기다가 결국 내렸다.

전화번호가 남아서 '신사역 돼먹지 못한 놈'이라고 저장했다.

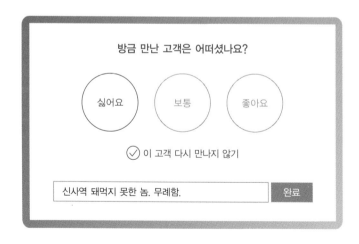

옛 골목은
정겹다

홍은1동 포방터시장에서 강북구 번동 ㅎ아파트 가는 콜이 잡혔
다. 운행을 마친 후 마을버스를 타고 미아삼거리 쪽으로 나와서
우동 한 그릇을 먹었다.
골목길을 통해 미아사거리역으로 가다가 찰칵.

• 아직 남아 있다는 것은 넘볼 수 없는 힘이구나.

내
맘대로

압구정에서 일산 아파트로 가는 콜을 부른 중년의 남성은 반말을 쓴 건 아니었지만 미묘하게 하대하는 말투였다. 동행 내내 누군가와 세금 얘기, 남 뒷담화 등으로 통화를 하면서 중간 중간 "이쪽 길로 빠져라, 1차선으로 붙어라" 계속 간섭했다.

게다가 꼴에 자기 차라고 검정 양말 신은 두 발을 대시 보드 위에 떡 올려놓고 고린내를 스멀스멀 풍기는가 하면 행주대교를 건널 즈음엔 담배까지 피우는 것이었다. 자기 차 안에서 북을 치든 장구를 치든 마음대로겠지만 처음 보는 타인이 운전대를 대신 잡고 노동력을 제공하고 있으면 최소한의 매너를 지켜야 할 것 아닌가?

주행이 끝나고 '운행 종료'를 누르니 평가를 적으라는 창이 떴다. '싫어요'를 누르고 '다시 만나고 싶지 않아요.' 칸에 체크했다. 만취, 반말 등 4가지 항목 밑에 기타 의견을 적는 칸이 있어서 "재수 없었어요."라고 정성스럽게 기입했다. 설문조사에 성실히 임하긴 참 오래간만이다.

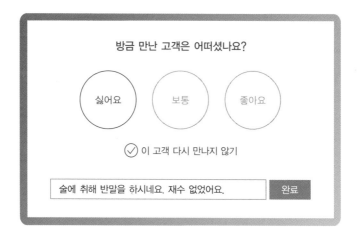

방금 만난 고객은 어떠셨나요?

싫어요   보통   좋아요

⊘ 이 고객 다시 만나지 않기

술에 취해 반말을 하시네요. 재수 없었어요.   완료

낮술
한잔

수요일 낮에 젊은 영화감독님과 동네에서 만나 낮술을 조금 마셨다.

얘기 도중 "감독님도 참 기복이 심하세요. 후회 안 하세요, 육사 중도에 나온 거?"

후회한 적 없다고 말했다. 큰형처럼 군인의 길을 가지 않은 것을 한 번도 후회한 적 없다. 최근 전역한 큰형도 이제 별 볼일 없는 실업자다. 가끔 명절 때 만나서 큰형의 사고방식을 접하면 정말 잘 나왔다고 생각한다.

초급장교였던 큰형과 군대 마니아 영감님의 권유로 고등학교 졸업식에도 가지 못하고 육사 기초 군사훈련을 마친 후 생도 대대 1중대에서 1학년을 마쳤다. 그 후 2학년으로 진급해 7중대에서 생활했는데 41기로 졸업한 큰형도 7중대였다. 큰형이 걸었던 길을 따라 그대로 걷는다는 느낌은 내게 끔찍하게 다가왔다. 반년을 고민 고민하다가 삼풍백화점이 무너질 즈음 퇴교했다.

태릉에서의 1년 반 생도 생활은 나에게 많은 걸 가르쳐주었다. 수영 평영도 배웠고, 내 공간을 내 손으로 청소하는 습관도 익혔다. 미군 장교 부인의 영어회화 수업, 공동체의 규율, 타인과의 소통법을 터득했다. 등록금은 무료고 최고급의 급식을 먹었고, 소정의 품위유지비도 받았었다.

한 번은 사관생도의 모든 것을 지원해주는 사병들이 생활하는 막사에 갔다가 까무러치게 놀랐다. 병사들의 숙소는 마구간 같았다. 요즘 군대는 그에 비하면 호텔급이다.

1996년이었나? 외대 다닐 때, 안보 견학이라고 백령도 해병부대에 갔다가 사병들이 먹는 급식을 보고도 깜짝 놀랐었다. 맨밥에 김치 한 가지였다. 요즘 군대 급식은 그에 비하면 최고급 요릿집 음식이다.

세상의 불평등을 알아가면서 나는 마음 편히 살 수 없었다. 그렇다고 운동권이 되거나 시민운동에 참여하지는 않았다. 그냥 내가 가장 잘할 수 있는 일로 사회에 도움이 되면서도 내가 하고 싶은 것을 찾았다. 그것이 다큐멘터리였다.

김훈 중위 의문사를 다룬 〈진실의 문〉이나 박동운 일가족 간첩 조작 사건을 다룬 〈무죄〉를 만들면서 참 좋은 분들을 많이 만났고 세상의 이면을 볼 수 있었다. 그렇지만 지금 와서는 좀 후회가 된다. 왜 나는 경력으로 인정도 못 받는 독립영화를 해서 요 모양 이 꼴로 사는지 가끔은 정말 너무 후회된다. 그래도 남한테 손 벌리지 않고 살아가고 있는 게 신기하다. 주변에 민폐나 끼치는 인생은 정말 내 전공이 아니다.

말
품새

어제 상암동의 일식집에서 콜을 부른 중년의 두 남자는 금융 쪽 일을 하는 모양이었다. 차주는 점잖은 편이었는데 같이 탄 인간은 쉴 새 없이 떠들었다. 취기 때문인지 원래 그렇게 말하는지 모르겠지만 연신 끝말을 길게 끌었다.

"이번 건은 OO억이니까 연구 한번 해봐~."

"OO랑 밥 한번 먹으면 되잖어~."

"밥값 십몇 만 원 몇 푼 되지도 않는 거잖어~."

"법인카드 긁으니 지 돈 나가는 것도 아니잖어~."

"OO가 더불어민주당이랑 잘 알잖어~."

"그 새끼 73년이야. 좆나 어리잖어~?"

'좆나'라는 단어를 얼마나 많이 쓰는지 세다가 놓쳐버렸다. 돈만 많은 천박한 인간의 전형적 표본이었다.

주행이 끝나고 평가란에 "동승자가 너무 떠들고 재수 없었어요."라고 기입하고 '싫어요.', '다시 만나고 싶지 않아요.' 칸에 체크했다.

방금 만난 고객은 어떠셨나요?

싫어요   보통   좋아요

⊘ 이 고객 다시 만나지 않기

동승자가 너무 떠들고 재수 없었어요.   완료

이어 종로에서 구산동까지 콜을 부른 내 또래 남자는 배려심이
있었다.

"추운데 기사님도 '엉뜨'하세요."라면서 엉덩이 덥혀주는 시트
의 발열 버튼을 눌러주는가 하면 "기사님, 죄송한데 저 담배 한
대 피우겠습니다."라고 양해를 구했다.

주행을 마치니 지하철 막차시간이었다. 디지털미디어역 9번 출
구로 나와서 차를 주차해둔 곳까지 걸었다. 너무 추워서 냅다 달
렸다.

집 앞 고양이들은 얼마나 추울까?

농성장 텐트에서 버티고 있는 사람들은 얼마나 힘들까?

다양한 인간들을 접하면서 현장 인류학 박사가 되는 기분이다.

대학에서 대학원에서 등록금 내고 배운 것들보다 백배 천배 더
많이 배우는 요즘이다.

카풀로 만난
청년 직장인

"우리나라는 말이 자유주의지 신분제 사회잖아요. 강남 가면 그들만의 세계가 있고⋯."

종로에서 한잔 진하게 걸치고 또 다른 술자리로 가는 젊은이를 태웠다.

공유 경제의 대표 회사인 O카에 다닌다고 소개했다. 자신은 연봉도 낮은데 국민연금으로 40만 원이나 낸다고 푸념했다. "여당이든 야당이든 누가 잡건 간에 똑같은 거 같아요."라는 말도 했다.

아는 분은 정년퇴직해서 연금을 한 달에 350만 원 받는데 아내도 같은 일을 하고 퇴직 후 똑같이 350만 원을 받아서 부부의 연금을 합치면 700만 원이라고 말하며 헛웃음을 지었다.

나이가 지긋하신 기성세대들은 참 열심히 살았다. 열심히 살았으니 여생을 여유롭게 사는 것은 당연하다. 하지만 젊은이들에게 희생을 요구하는 것은 부당하다. 재벌 일가나 초고소득자의 불법행위에는 꿀 먹은 듯 아무 소리 않으면서, 건물주 노릇하며 젊은 세입자들이 꼬박꼬박 내는 월세로 여유롭게 사는 어른들 참 많다. 당연히 젊은이들은 어른들을 존중하지 않는다. 자업자득이다.

각자의
사는 방법

"아휴 배불러~. 오늘 너무 영양가 있게 골고루 잘 먹었다. 그치, 여보?"

어제 처음 잡은 콜은 가족 모임 식사를 마친 부부였다. 대구 사투리를 심하게 쓰는 남편은 매너도 여유도 넘치는 사람이었다.

두 번째 콜을 부른 것도 부부였다. 차에서 라디오가 나오는데도 뒷자리 앉은 여성은 휴대폰으로 가요를 틀어놓고 심지어 따라 불렀다. 주행을 마치자 현찰 만 원을 팁이라고 준다. 다음부터는 좀 조용히 해달라고 말했다. 물론 속으로.

팁을 지갑에 넣으면서 잽싸게 큰길가로 빠져나왔다. 버스정류장에는 나처럼 콜을 잡는 대리기사가 있었다. 그도 나를 보며 같은 생각을 했을 것이다.

세 번째, 네 번째 짧은 주행을 마치고 광화문까지 버스로 온 다음 차를 둔 통인시장까지 걸었다.

5호선 광화문역 지하에는 노숙자들이 여기저기 누워 있었다. 어떤 이는 침낭 안에서, 어떤 이는 박스 안에서, 어떤 이는 이불과 비닐 안에서 자신의 온기가 절대로 빠져나가지 못하게 나름의 대책을 강구하고 있었다.

편의점에 들러 맥주와 요깃거리를 사고 집에 도착했다. 〈노트북〉이라는 미국 영화를 보았다. 가난한 청년과 부잣집 아가씨가 사랑하게 되지만, 부자 부모의 반대로 헤어졌다가 다시 만나 자식들 낳고 살다가 아내가 치매에 걸린다는 좀 뻔한 내용. 그래도 무지하게 재밌었다. 남녀 두 주인공이 너무 예뻤다.

사람이
살고 있다

연말의 일요일이라 낮술 자리가 많은지 오후에도 콜이 줄곧 떴다. 어영부영 계속 못 잡다가 평창동에서 도곡동으로 가는 외제차 콜을 잡았다. 40,000원 운행에 수수료 8,000원을 떼고 32,000원이 들어왔다.

강남 교보문고에 들러 이정국 감독이 쓴 『구로사와 아키라의 영화 세계』를 샀다. 만 원짜리 추어탕도 먹었다. 배를 든든히 채우고 오늘 한번 제대로 뛰어보자고 맘먹었다. 근데 콜들이 내 위치와 다 멀었다.

다시 평창동으로 향했다. 이북오도청 앞에 세워둔 차로 가서 '엉

뜨' 버튼도 누르고 휴대폰을 충전하면서 종로 쪽으로 나갔다. 종로 3가는 1,3,5호선이 만나는 곳이라 복귀하기 좋은 곳이다. 그런데 전화가 왔다. 정모 감독님이었다. 여기 술 취한 분 있으니 대리 운전을 해달라고 부탁하셨다. 2호선과 6호선 만나는 신당역으로 갔다. 이곳도 복귀하기 괜찮은 곳이다.

대리할 차량은 '맘 편히 장사하고 싶은 모임' 위원장님의 경차였다. 오늘 송년회가 있었다며, 카톡 사진들도 자랑처럼 보여주셨다. 잔뜩 취해서 발음이 좀 꼬이셨는데, 갑자기 두 손으로 얼굴을 가리더니 훌쩍훌쩍 소리를 내셨다. 깜짝 놀라서 "우세요?"라고 물었다.

"인생에 참 정답이 없네요."라고 말씀하셔서 난 그냥 허허 하고 웃었다.

자기가 북촌 한옥마을에서 5년 동안 개량한복집을 하는 동안 건물주가 4번 바뀌었다고 한다. 세 번째 주인과 소송에 들어갔는데 그 사이 새마을금고가 네 번째 건물주가 되었고, 그래서 지금 자기가 장사하던 자리에 새마을금고가 있다고 했다.

다들 힘든 사람들이 모인 단체의 위원장으로서 반성도 많이 되고 앞으로 어떻게 하면 잘 될 수 있을지 걱정하셨다.

위원장님의 집은 정릉이었다. 〈이중섭의 눈〉 촬영할 때 '서울에 아직도 이런 빈촌이 있다니' 하고 입이 쩍 벌어졌던 바로 그 동네였다.

이중섭과 한묵이 잠시 살았던 때도 흘렀을 하천 옆에는 아파트가 주욱 들어섰지만 그 반대편엔 여전히 판잣집이 많았다.

새해에는
좀 나아질까

2019년 0시, 보신각의 타종이 울리자마자 나는 또 차를 몰고 나
갔다.

2018년의 마지막 날에 강화도 교동 가서 구경도 잘하고 잘 먹고
돌아왔으니 또 노동의 현장으로 가보자는 마음으로 나선 금년
의 첫 대리 운행이다. 어제처럼 또 평창동에서 첫 콜이 잡혔다.

가나아트센터 근처에 차를 세우고 차주를 만났다. 일행은 고척
동 지나 구로구 개봉동 아파트로 가는 중년 세 분이었다.

홍은동 램프에서 내부순환로에 들어서니 어떤 흰색 차가 비틀
비틀 차선을 마음대로 변경했다. 옆에 앉은 아저씨가 나에게
"저거 지금 문제 있죠?"라고 물어서 "네, 음주운전 같은데요."라

고 말했다.

고척동에 그 아저씨를 내려준 다음 뒤에 앉은 부부의 집이 있는
개봉동에 도착했다.

오늘은 날이 날인지라 대중교통이 늦게까지 다닐 줄 알았는데
개봉역의 셔터는 이미 내려져 있었다. 할 수 없이 택시를 잡고
영등포역을 불렀다. 내 예감은 적중했다.

영등포 쇼핑몰 옆 호텔에서 청담동까지 가는 차가 콜을 불렀다.
차는 투 도어 벤쯔였고 젊은 연인이었다. 뒷자리에 여자 친구와
붙어 앉은 남자는 몸을 뻗어 카 오디오의 볼륨을 높이더니 블루
투스에 연결된 폰으로 달짝지근한 발라드풍의 노래를 계속 틀
었다. '오늘밤 여자 친구랑 만리장성을 쌓으려고 그러는구나.'
싶었다.

청담동의 발레파킹 해주는 식당까지 운행한 후 또 콜을 잡았다.
홍대 쪽으로 가는 젊은 남자들이었다. 3명이 차에서 잠복 형사
처럼 기다리고 있었다.

운행을 시작하는데 조수석 뒤, 가장 상석에 앉은 친구가 "저번에
대리 불렀는데…." 결국 엿 먹었다는 식의 얘기를 꺼냈다. 이 자
식, 대화의 끝마다 상습적으로 욕을 붙였다.

"2019년이 됐네, 씨발", "씨발, 너 메갈이냐?" 이런 식이었다.

부산이 고향이고 러시아에서 일을 하는 것 같았다.

"야 이 스발로무스키야, 운전에 방해되니 욕 좀 작작해라."라고 말했다. 물론 상상.

그들이 원하는 대로 얌전하게 주차했더니 "새해 복 많이 받으세요."라고 한다.

'그래 참 고맙구나' 생각하며 연세대 정문 쪽으로 걸었다.

1987년 이한열이 쓰러진 정문 앞 횡단보도를 건너 신촌역 쪽으로 걸었다. 내비게이션을 보면서 뛰는 중년의 남자를 보았다. 대리기사였다.

콜이 많은 연남동 쪽으로 발길을 돌리고 또 한 건을 잡았다. 경의선 책거리에서 명지대 쪽으로 가자는 젊은 연인이었다.

"한 시간만 자고 바다 보러 가자", "아는 사람이 건축 쪽 일을 하는데 보너스를 1,400만 원 받았대." 이런 두 사람의 대화가 귀에 들렸다.

다시 평창동으로 원대 복귀하기 위해 택시를 잡았다. 할아버지 기사님은 어찌나 대화에 메말랐던지 묻지도 않는데 계속 말

을 이어갔다. 자신은 5년 전만 해도 보수 꼴통이었는데 완전 개
조를 했다고 말씀하셨다.

"어떻게 개조하셨는데요?"라고 물으니 "민족주의자지"라고 말
하시며 케케케 웃으신다.

안중근, 33인 얘기, 아직 살아 계신 백 살 노모 얘기, 러시아어도
할 줄 알았다는 아버지 얘기…. 무슨 만담가 같았다. 얘기하시는
건 좋은데 자꾸 내 쪽을 쳐다보시며 얘기해서 사고 날까 좀 불안
했다.

2019년 첫날 새벽의 운행 내역과 포인트를 보니 3시간 반 동안
4건을 달성해서 78,000원 정도 벌었다. 영등포역으로, 평창동으
로 두 번의 택시비가 18,000원 나왔으니 수입은 6만 원이다. 나
쁘지 않다.

나쁜 놈일수록
더 잘 잔다

상명대학교 근처에서 사당으로 콜을 부른 중년의 일행은 김달
진 미술연구소 옆 언덕배기 길 위에 미리 나와 달달달 떨고 계셨
다. 오래간만에 가족모임으로 강북에 왔나 보다.

자하문 터널을 지나 차창 밖으로 효자동을 보며 예전 모습을 떠
올렸다.

"이쪽 동네는 정말 하나도 안 변했네~."

"예전엔 이쪽에서 데모 참 많이 했는데….'

"종로에서 장사할 때 학생들이 막 들어와서 숨겨달라고 하
고….'

"그땐 이짝에서 화염병 던지고 저짝에서 최루탄 쏘고…. 지금은
그렇게 하면 못 쓰지. 그렇게 심하게 데모하지도 않고….'

이런 추억의 대화는 곧 건강 컨설팅으로 이어졌다.

아저씨는 "내 주변 친구들은 다 혈압 약 먹는데 나만 안 먹어." 라며 "나이 들어서 당이랑 혈압만 없어도 행복한 거여~."라고 말했다. 술은 적당히 마시고, 매일 먹지 말라고 처제에게 조언도 했다.

덕수궁 앞을 지날 때 농성하는 사람들의 천막을 보더니 "여기는 뭔가 억울한 사람이 와서 천막 치는 곳이여. 세상 사는 게 참 자기 맘대로 되질 않지~."라고 말씀하셨다.

사당역 사거리에서 아저씨는 또 "도로 하나 사이에 두고 이짝은 동작구, 저짝은 서초구, 또 저 너머는 관악구인데 이짝이 5억이라면 똑같은 평수가 저짝은 10억이여, 참 웃기는 동네여."라고 말하셨다. 그래도 자기는 공기 좋은 관악구가 좋다고 하셨다.

거의 매일 맥주를 물처럼 마신다는 처제는 간 때문에 몸이 붓고 아침에 일어나면 발이 저리다고 호소했다.

사당초교 근처 목적지 빌라에 거의 다다르자 처제는 "형부, 그래도 만두에 맥주 한잔 딱 먹고 가도 되지유~?"라고 코맹맹이 소리를 냈다.

주차를 마치자 아저씨가 5만 원 권 한 장을 주시며, 고생했다고 2만 원만 거슬러 달라신다.

앱에는 현찰 24,000원이 나왔는데 6,000원이나 팁으로 주신 것
이다. 포인트는 어김없이 수수료 4,800원이 차감되어 있었다.

현금결제	24,000원
수수료	4,800원
포인트	19,200원 적립
	1/1 23:48

30분가량 운전 내내 전라도 사투리를 풍성하게 듣고 나니 진도
에 계신 박동운 선생님이 생각났다. 고문 후유증으로 폐가 좋지
않은 박동운 선생님은 전에 "사람이 아픈 데가 좀 있어야 건강
도 잘 관리하게 되니 오히려 좋아."라고 말씀하셨다.

억울한 걸로 치면 박동운 선생님만 한 사람이 얼마나 있을까?
1981년 남산 안기부로 온 가족이 끌려가서 고문과 협박에 의해
간첩단의 수괴로 둔갑했다. 사형선고 후 무기 징역으로 감형되
었고, 어머니는 5년형을 꼬박 살고 출소했다.
18년 복역 후 고향으로 돌아가서 "저기 빨갱이 지나간다."는 손
가락질을 받으며 살았다.

2009년에 어렵게 어렵게 재심에 성공하여 '무죄'를 받고 "대한 민국 만세!!"를 외치셨는데 사법부 법비들의 농간으로 배상금을 다시 뺏어내라는 통보를 받았다.

국가는 한 가족, 한 인간의 인생을 너무나 오랫동안 잔인하게 짓밟았다.

구로사와 아키라 감독의 1960년 작 〈나쁜 놈일수록 더 잘 잔다〉는 제목처럼 한국 사회에는 여전히 나쁜 놈들이 너무 잘 산다.

침묵은
금이다

홍은2동에서 부른 첫 콜은 상당히 높은 언덕배기에 자리 잡은 음식점이었다.

차주는 무난했고 목적지가 구산동 버스종점 근처라 복귀도 용이했다. 다만 차를 주차해둔 곳까지 다시 올라가기가 짧은 등산 코스였다. 명지중·고와 초교 사잇길을 지나 위쪽 지름길엔 등산로 겸 산책로가 설치되어 있었다. 헉헉거리며 차로 돌아와 먹이 찾는 밤의 하이에나처럼 두 번째 대리 콜을 기다렸다.

다행히 콜은 금방 평창동에서 잡혔다.

도착지에 거의 와서 통화를 하는데 동대문구 제기동으로 간다는 이 고객, 대뜸 경유를 요구한다. 그것도 경기도 구리라고 한다.

술자리 일행 중 목적지가 다른 한 명이 추가 요금은 자기가 내겠다며 만 원 한 장을 내민다. "저기 경기도 구리인데 만 원은 좀…." 그러니까 만 원짜리를 또 한 장 꺼내주며 "이거면 되죠?" 라고 말한다.

'이 자식이 돈이면 다인 줄 아시는군요.' 생각하며 얼른 받아 오른쪽 주머니에 넣고 시동을 걸었다.

경기도 구리라고 해서 꽤 멀 줄 알았는데 육사 옆 갈매동이었다.

민주주의의 아버지라고 자칭하는 전 각하께서 졸업하신 육군사관학교. 그 갈매리 언덕길 마의 코스에서 얼마나 많은 생도들이 헥헥거리며 숨 가쁜 뜀걸음에 회의를 품었던가. 나처럼 중도 포기하지 않은 영광스러운 졸업생들의 이름은 64m 높이의 '지(智) 인(仁) 용(勇)' 육사 교훈 탑 둘레에 금속성 물질로 새겨져 있다. 전, 노 두 각하의 이름은 면회 온 사람들이 하도 만져서 맨들맨들 닳았던 것으로 기억한다.

제기동 주행을 무사히 마친 후 버스를 타고 평창동으로 돌아왔다. 바로 또 콜이 잡혔다.

일산으로 가는 중년 남성이었다. 그런데 자기가 마무리하는 데 10분 정도 걸린다는 것이었다. 차주가 말한 주차장에서 오들오들 떨고 있는데 15분이 넘도록 나오지 않았다.

'돌아오는 3호선 지하철을 놓치면 어떡하지? 에라이, 퉤!' 하면서 과감히 취소 버튼을 눌렀다.

평창동을 빠져나오는데 전화가 두 번이나 왔다.

받지 않고 나중에 '평창동, 기다리라는 뻔뻔 놈'이라고 저장했다.

을지로 쪽에서 번동으로 가는 세 번째 콜을 잡았다.

이 아저씨도 약간 기다리게 했지만 기다릴 만했다. 그러나 힘든 손님이었다.

수동 기어식이 아니라 파킹 버튼, 드라이브 버튼이 계기판에 있는 외제 차였는데 내가 잘 못 찾으니 답답하다는 투로 반말을 약간 섞어서 방법을 알려줬다.

"손님, 제가 〈매트릭스〉의 키아누 리브스가 아닐진대 어떻게 모든 차의 작동방식을 숙지하고 있겠습니까?"라고 상상 속 나의 분신이 중얼거렸다.

더 힘든 시간은 운행과 함께 본격적으로 시작되었다.

이 아저씨, 작은 귤만 한 사탕을 입안에 넣고 데굴데굴 굴리며 쩝! 쩝! 소리를 심하게 계속 냈다. 무슨 찹쌀떡 먹는 줄 알았다.

혜화동을 지나면서 우드득 약간 깨지는 소리가 들렸지만 쩝! 쩝! 소리는 성신여대역 즈음 가서야 멈췄다.

그 이후엔 "퓨후후~" 한숨 소리, "크어~" 가래 넘기는 소리, "흐흠~" 코에서 나는 소리, 하품 소리 등 온갖 소리를 냈다.

인간이 내는 의성어를 다 표현하기에는 세종대왕이 만드신 훈민정음이 많이 모자라 보인다.

마지막 짧은 대리 콜의 주인공은 젊은 부부와 아이, 그리고 이모로 보이는 여성 등 네 사람이 탄 승용차였다.

어른들은 먹었던 음식들에 대해 계속 얘기했고 아이는 휴대폰에 집중했다.

폰으로 유튜브를 보는지 "이 만화의 주인공은 절대 죽지 않는다. 우다다다다다…." 등의 대사가 반복해서 나오는데 아이는 토씨 하나 틀리지 않고 따라 했다.

아이에게 "얘야, 새나라의 어린이는 일찍 자고 일찍 일어나는 것이란다~."라고 다그치고, 아빠 엄마에게는 "아이가 휴대폰 중독 증세가 있네요."라고 충고했다. 텔레파시로.

역시 침묵은 금이라는 진리를 절실히 느낀 하루였다. 오늘은 길거리에서 추위에 떠는 시간도 적었고 마지막에 집으로 가는 방향이 맞는 카풀 콜을 잡아 기름값도 벌었다.

장거리 운행도 없었기에 다리도 덜 아프다. 잠이 잘 올 것 같다.

제값하며
살고 있나

이른 저녁 집을 나서 시청에서 반포로 가는 30대 중반의 남성을
카풀로 태웠다.

예의바르고 싹싹한 성격의 친구였는데 말이 좀 많았지만 유쾌
했다. 이런저런 얘기를 나누면서 남산에서 경리단길로 빠져 반
포대교를 탔다.

편의점에서 산 초코바 하나 드시라 주고, 나도 하나 뜯어먹었다.
아직 저녁 먹기 전이라 배고팠다며 무척 고마워했다.

"고맙긴요, 2+1으로 받은 건데요, 뭘." 이란 말은 혀 밑에 숨겼다.

자기는 20개월 정도 지난 아기를 키우는데 얼마 전 강남으로 이
사를 가느라 부모님 신세도 지고 자신의 영혼까지 탈탈 털어서
대출을 받았다고 했다. 반포 사는 친구네 집 전셋값은 7억이고

자기 집 동네 전세는 그보단 싸서 3~4억 정도라고 했다.

강남에 왔으니 콜이 많을 거라 기대했지만 대리기사도 많은지 콜들이 전광석화 같은 속도로 사라졌다. 겨우 압구정에서 하계 가는 대리 콜을 하나 잡았다.

차주는 산만 한 덩치에다가 차도 〈스타워즈〉의 탈출용 모듈처럼 거대했다. 그런데 이 양반, 일행을 논현역 근처에 내려드리고 가자며 빙 돌아가게 해놓곤 추가 요금도 주지 않는 덩칫값 못하는 인간이었다.

'싫어요' 평점을 매긴 후 압구정 성당 담 옆에 둔 차를 가지러 하계역에서 7호선을 타고 강남 쪽으로 내려오다가 강남구청역에서 상봉동 가는 콜을 또 하나 잡았다.

다시 압구정을 향해 버스와 지하철 4호선, 3호선으로 환승했다.

밤 10시 반부터 대리를 부르는 콜들이 우수수 쏟아졌다. 하지만 남양주, 하남 등 외곽으로 빠지는 장거리들이 다수였다.

대리기사의 복귀는 무인도에 낙하해서 오로지 몸뚱이 하나만 믿고 돌아와야 하는 특전사 훈련처럼 각자의 몫이다. 별다른 방법이 없는 내게 장거리 운행은 그림의 떡일 뿐이었다.

3만 원, 4만 원, 5만 원짜리 운행도 있었지만 모두 내가 탐낼 것들이 아니었다. 마치 영화 〈타짜〉에서 배우 C가 열차에 대롱대롱 매달린 채 터진 가방에서 날아가는 만 원짜리 배춧잎들을 허무하게 바라보는 슬로비디오 장면 같았다.

오늘은 영 꽝인가 보다 생각하며 귀가하다가 다행히 미아삼거리로 가는 카풀 콜을 잡아 기름값은 봉창할 수 있었다.

건장한 청년 셋이었다. 셋 다 포항 해병대에서 군 생활을 마친 선후임인데 미삼에 있는 오피스텔에 같이 산다고 했다. 한 친구의 여자 친구 때문에 강남까지 와서 술을 마셨는데 미삼에 가서 또 마신다고 해서 부러웠다.

오피스텔 임대료는 얼마냐고 물어보니 70만 원이라 20, 20, 30으로 나눠서 3개월마다 로테이션으로 낸다고 한다. 가끔 가위바위보로 30만 원을 내는 술래를 정하기도 한다며 낄낄대서 나도 크크크 웃었다.

어른들이 아무리 임대료를 올려도 청년들은 나름의 작은 공동체 전략을 발휘해 생존하고 있었다. 어리석은 어른들보다 백배천배 훌륭한 젊은이들이다.

공공 화장실은
어디에

영화 〈매트릭스〉의 마지막 부분에서 '네오' 형님은 스미스 일당의 추격을 따돌리며, 밀죽 먹는 현실로 복귀하게 해줄 전화기가 있는 방을 찾아 헤맨다. 그런데 이 장면은 마치 화장실이 급한데 자물쇠가 채워져 있거나 문의 실린더(cylinder)가 잠겨 있어서 들어가지 못하는 절박한 상황과 사뭇 비슷하다.

택시기사나 대리기사들의 큰 고충은 생리적 문제를 해결할 수 있는 공간이 많지 않다는 것이다. 손님들이 예고하고 등장하는 것이 아니라 수시로 출몰하기 때문에 한푼이라도 더 벌려고 밥 때를 놓치거나 여유롭게 화장실에 갈 수 없게 되는 경우가 태반이다.

"손님 정말 정말 죄송한데요, 저 화장실 좀 다녀오겠습니다." 할
수 없지 않는가?

운행을 마치고 터질 것 같은 방광의 해방을 위해 한적하고 으슥
한 곳을 찾아 보무도 당당히 볼일 보는 기사님들을 여럿 보았
다. 서울의 야박한 건물주들은 화장실을 건물 설계 때부터 꽁꽁
숨겨놨거나 철통같은 잠금장치를 해놔서 외부인의 출입을 원천
봉쇄한다. 필름 끊어진 취객이 들어와 제가 먹었던 것을 확인할
수도 있고, 물을 내리지 않고 갈 수도 있고, 제대로 조준을 못하
는 잡것들이 화장실을 개판으로 만들 수 있으니 그 마음은 이해
된다. 세금으로 운영되는 공공 화장실이 더 많아져야 한다. 그러
면 화장실 짓는 건축업자도 돈 벌고 청소하는 사람들도 있어야
하니 일자리도 창출된다. 누군가가 청와대와 국토건설부에 민원
을 넣어주면 좋겠다.

〈매트릭스〉의 '네오' 형님은 마지막 결투에서 "나 지금 화장실이
급한데 왜 자꾸 따라오냐, 이 잡것들아~."라고 외치며 스미스의
몸으로 들어가 박살내는 것 같다. 아무래도 물리적 시간으로 볼
때 결투를 마친 키아누 리브스가 가장 먼저 찾은 것은 전화기가
아니라 급했던 화장실이 아니었을까?

을지 결의
_ 2인 1조의 시작

바람이 불고 서울의 공기는 차가워졌다. 박 대통령이 총 맞아 돌아가신 궁정동에서 카풀을 잡았다.

라이더의 직업은 묻지 않았으나 경호 업무를 보는 것 같았다. 아버지가 육사 나온 군인이란다. 군인 가족 얘기를 나누다 자동차 얘기로 샜다. 자기 아는 사람이 자동차 딜러인데 씽씽차를 120개월 할부에 1.9% 저리로 해준다고 말하다가 황급하게 내렸다. 저녁 모임이 잡힌 것 같았다.

바깥 온도가 점점 낮아지는데 옷을 너무 허술하게 입고 나오기도 했고, 어제부터 집 앞 폐가에서 우는 새끼 고양이가 걱정되기도 해서 다시 집으로 갔다. 집에 들어와 점퍼를 하나 더 껴입고 고양이가 들어가 있는 거처에 은박 깔개를 덮어준 후 다시 시내로 나갔다.

이때 친구에게서 전화가 왔다. 2인 1조로 대리 운전을 같이하자는 제의였다. 혼자 깨작깨작 감질나는 단거리 운행만 했었는데 이제 수도권의 전방위 장거리 콜을 잡을 수 있게 된 것이다. 양 옆구리에서 날갯죽지가 돋는 기분이었다.

우리는 을지로에서 만나 '을지 결의'를 맺었다.

수익 포인트가 쌓이면 기름값을 제외한 금액을 반으로 나누기로 했다. 오늘은 내가, 내일은 친구가 번갈아가면서 대리 운전을 맡는다. 단, 운 좋게 팁을 받게 되면 나누지 않고 제 주머니에 넣기로 했다.

첫 콜부터 손발이 잘 맞았다. 친구가 콜을 잡더니 출발지 내비를 켠 다음 콜한 손님에게 전화를 걸어서 출발지까지 얼마나 걸리는지 친절하게 알렸다. 운행할 차가 있는 장소에 도착한 뒤 나는 친구가 모는 차의 뒤꽁무니를 졸졸 따라갔다.

첫 손님은 이화동 S대병원에서 용인 수지로 가는 의사였다고 한다. 술은 먹지 않았지만 오늘 하루 종일 진이 빠져서 대리를 불렀다고 했다. 나도 이따 일 끝나면 맥이 다 풀릴 텐데 대리나 불러 집에 가고 싶었다.

용인 동천동에서 송파구 거여동에 가는 2만 원 손님, 가락동에서 강동구 둔촌동 미소 짓는다는 아파트로 가는 15,000원 손님, 강동구 성내동에서 남양주 화도읍 아파트로 가는 3만 원 손님, 건강검진 잘 본다는 풍납동 재벌 계열 병원의 장례식장에서 김포 걸포동 아파트까지 가는 38,000원 장거리 손님, 문래동 어느 편의점에서 부천의 오피스텔로 가는 2만 원 손님, 춘의 테크놀 파크에서 강서구 화곡동으로 가는 15,000원 손님을 연달아 잡았다.

운행을 마친 친구를 픽업한 후 잠깐잠깐 잡담을 나누며 키득거렸다. 무엇보다 좋은 것은 혼자 외딴 곳의 운행을 마치고 발발발 떨지 않아도 된다는 점이었다. 친구는 작년 뜨거운 여름에 파트너 없이 홀로 대리 운전을 했었는데, 경기도 어딘가로 장거리 운행을 했다가 차편이 없어서 동네 편의점 밖 테이블에서 혼자 맥주 서너 캔을 따고 아침 첫 버스로 복귀했다고 회상했다.
그걸 듣는 순간 맥주 캔 터지듯 파하하 웃었는데, 웃고 나서 좀 미안했다.

그때 친구는 얼마나 서럽고 외로웠겠는가.

저녁 8시부터 새벽 3시까지 우리 둘이 번 돈은 14만 원이었다. 기름값과 톨게이트비 조로 2만 원을 제하고 6만 원씩 나눴다. 7시간 동안 6만 원이니 최저임금 정도 번 셈이다. 그래도 혼자 벌이보다는 덜 고달팠다.

역시 어느 대통령께서 양 울음 같은 목소리로 주창하신 것처럼 '흩어지면 죽고 뭉치면 산다.'

그런데 왜 그 대통령은 저만 살겠다고 한강 다리를 폭파했을까?

친구는 "천년을 살 것도 아니고 고작 몇십 년 살면 끝인데 인생을 즐겁게 살자."고 말하며, 신나게 벌어서 다음 달에 베트남에 같이 가자고 꾀었다. 자기 친구가 15년째 살고 있어서 편하게 갔다 올 수 있다고 한다. 그래 친구야, 가즈아~ 베트남!!

우리는 내일 또 을지로에서 상봉하기로 했다.

하느님은
왜

대리 운전을 시작한 이래, 가장 열 받고 울화통 터지는 날이었
다. 오늘은 내가 대리를 뛰기로 해서 친구의 차로 이동했다.

첫 콜은 충정로에서 구리 수택동으로 가는 젊은 친구였는데 여
자 친구와 헤어지면서 뽀뽀와 허그를 연거푸 하느라 출발이 늦
는 건 그렇다 치고, 중간에 기름까지 넣고 가자고 했지만 군말
없이 그렇게 했다. 강변북로로 들어서니 조수석 등받이를 170도
가량 젖히고 코를 골면서 주무신다.

수택동에서 바로 콜을 잡았다. 어느 주점에서 기사를 부른 젊은
부부였다.

남자는 범생이처럼 생겼고 여자는 정말 오래간만에 보는 비호

• 벽 안에 갇힌 하느님은 얼마나 갑갑할까?

감 얼굴이었는데 둘 다 아주 떡이 되도록 마신 상태였다. 그런데
운행 내내 뒷자리에서 남자가 여자에게 추근거렸다.
좋으면서 싫은 척 애교 부리는 만취녀의 목소리와 카 오디오에서
나오는 남자가수의 트로트 노랫소리가 내 귀를 사납게 했다.

세 번째 콜은 그 이상의 짜증을 불러일으켰다.
대기 장소로 갔더니 얼큰히 취한 세 명의 중년 남자들이 고깃집
밖에 나와 수다를 떠는데, 차 키를 어디다 분실했는지 출발이 아

예 불가능했다. 뒷좌석 두 사람은 중간에 지하철역이 나오면 내려달라고 해놓곤 "어디서 내리실 거냐?"는 내 질문을 두 번이나 씹으며 떠들어댔다. 결국 밀려오는 짜증을 참지 못하고 다른 대리기사를 부르라고 말한 후 친구에게 전화했다.

친구는 이미 도착지를 향해 강변북로를 타고 한참 떠나 있던 상태였다. 기름 낭비에 시간 낭비에다가 바람은 어찌나 차가운지 오늘 진짜 왜 이러나 싶었다.

취소를 만회하기 위해 장거리 콜을 잡았다. 그런데 이 중년 남자 손님, 출발지 주소를 잘못 입력해서 10분을 뛰어다니게 만들었다. 헥헥거리며 도착해서 차 시동을 걸자 높은 볼륨의 찬송가가 흘러나왔다. "손님, 찬송가 계속 틀어놓고 가야 되나요?"라고 물었더니 "굳이 그럴 필욘 없죠."라고 말한다. 그래 놓고 조수석에서 "마리아, 영생…." 내레이션이 깔린 기독교 다큐물 영상을 틀어놓고 감상하신다. 눈이 아팠는지 한동안은 고개를 젖히고 졸다가 깨서 네모 곽 음료수를 빨대로 호로록 소리를 내며 마신다.
뛰어오느라 목이 말랐던 나는 심한 갈증과 짜증을 느꼈다.

상도동 아파트로 가는 젊은 벤쯔 주인은 매너가 있었다. 그가 듣는 팝송과 가요가 내 귀와 마음을 잠시나마 위로해주었다.

그다음 콜로 연결된 보광동 중년 남자의 SUV차 뒷자리에는 인테리어 관련 장비와 잡동사니가 가득했다. 그래서 모임에 동석했던 여성을 앞자리에 끼어 태우고 중간에 내려줬다.

밀착된 여자에게 "이 상태로 부산 갔으면 좋겠다." 하더니 여자가 내리자 부인에게 전화하며 "오늘 들어가면 마누라한테 죽~었다." 하고 혼잣말을 했다.

그는 자기도 15** 대리기사를 7년 동안 했었다며 이런저런 노하우를 전수했다.

자기는 집장사하는데, 부도를 맞고 폭삭 망해서 대리를 했었다고 했다. 그는 오전에 나와서 밤 11시에 퇴근하는 완전 직업형 대리를 뛰었다고 했다.

친구의 차로 돌아와 그가 말한 몇몇 노하우를 전달했다. 그러면서 일산 가는 콜을 잡았다.

젊은 친구였는데 포도주를 진탕 마셨는지 냄새가 시큼했다. 가는 동안 조수석에서 꾸벅꾸벅 고개 숙인 남자로 졸았다. 그의 머리가 오른쪽 미러를 자꾸 가려서 오른쪽으로 차선을 변경하거나 우회전할 때 애를 먹었다.

오늘의 마지막 콜은 역촌동에서 울렸는데, 근처에 도착해서 만

취한 차주와 전화 통화를 시도했으나 쉽지 않았다. 아무래도 이건 문제가 생기겠다 싶어 또 운행 취소를 눌렀다.

을지로를 향해 원대 복귀하고 있는데 전화가 왔다. 운행을 할 수 없다고 하니 욕설이 난무하여 똑같은 수준으로 응대해준 후 차단했다.

"역촌동 만취 돌아이"라고 저장하니 ㅋ톡 친구로 뜨는데 자기 군대 시절 사진과 성경책 구절들을 올려놓았다.

하느님은 왜 이런 놈까지 받아주시나?

어제보다 수익도 적었다. 8시간 동안 친구와 나는 각자 5만 원도 벌지 못했다. 최저시급도 안 되고 기분만 잡친 날.

우리는 내일부터 전략을 바꾸기로 하고 헤어졌다.

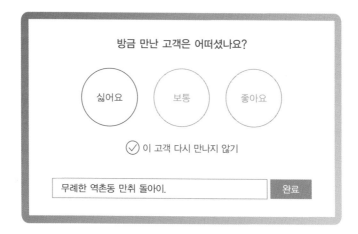

방금 만난 고객은 어떠셨나요?

싫어요　　보통　　좋아요

✓ 이 고객 다시 만나지 않기

무례한 역촌동 만취 돌아이.　　완료

우리의 내일은
오늘보다 나아지리라

대리기사를 부르는 손님 중에는 아파트가 출발지이거나 도착지
인 손님이 참 많다. 목적지로 가기 위해 포털사이트 앱에서 "OO
동 OO아파트"라고 검색하면 내가 당장 필요한 길 찾기는 뒷전
이고 그 아파트의 매매가, 전세가가 먼저 나온다. 한국인들, 특히
수도권 사는 사람들에게 아파트 매매가는 '올웨이즈 뜨거운 이
슈'인 듯하다.

오늘처럼 친구가 대리를 뛰고 내가 그 뒤를 졸졸 따라가는 날은
라디오를 내 맘대로 들을 수 있어서 좋다. '시사자키 JK용입니
다'를 들으며 세상 돌아가는 얘기도 듣고, 8시부터 10시까지 'LS
호의 드림팝', 새벽 1시부터는 IB천 아저씨의 '골든 팝스' 재방

080

송도 늘는다.

아는 노래가 나오면 내 차는 움직이는 노래방이 된다. 청중은 없어도 신나는 단독 공연을 하면 졸음이 달아났다.

세상에 음악이 없었다면 삶의 지루함과 고단함을 견딜 수 있었을까? 미술, 영화, 무용 등 인간을 위로하고 즐거움을 선사한답시고 만들어지는 예술 작품 중에 고상한 척하거나 쓰레기 같은 작품들이 얼마나 많은가? 좋은 영화는 한 사람의 인생을 바꾸기도 하지만 저질 영화는 눈을 피곤케 하고 인간성마저 황폐화시킨다.

여러 예술 장르 중에서 음악이 가장 인간적이고 사기성이 없는 것 같다.

어제 작전 짠 대로 실행하니 친구와 나는 어제보다 덜 일했는데도 조금 더 벌었다. 친구는 인덕이 훌륭해서인지 진상 손님을 별로 만나지 않았다. 수고 많으셨다며 커피를 사주는 손님도 있었다. 새벽 2시 강북의 족발집 손님이 부른 콜을 끝으로 운행을 마쳤다.

친구 집 근처 편의점에서 컵라면을 하나씩 먹으며 칼 같은 정산을 한 후 헤어졌다.

빌라에 사는 친구와 나는 당분간, 아니면 영원히 아파트에 살 팔 자는 아닌 것 같다. 하지만 분명, 우리의 오늘은 어제보다 나았고 내일은 오늘보다 나아지리라.

포인트 내역		
현재 포인트 **97,200P**		출금신청

〈 2019년 1월 〉

총 28건	97,200P	전체 ▼
1.10 목	프로모션 14:20	78,000원
	출금신청 03:50	−100,000원 지급완료
	카드결제운행 02:32	20,800원
	카드결제운행 01:46	14,400원

'불금'의 뜨거운 콜을
기다리며

오늘은 또 어떤 진상님을 만날까 걱정 반 기대 반 하는 마음으로
집을 나섰다. 친구가 차를 가져오는 날이라 버스를 탔다. 광화문
에서 내려 KB문고에 갔더니 정말 사람들이 많았다.

책 읽는 사람들이 이렇게 많은 이성적인 사회인데 진상 짓 하거
나 배려심 없는 사람은 왜 그리 많은지, 책에선 그런 걸 가르쳐
주지 않는지, 그냥 인구가 많아서 확률상 그런 것인지 궁금했다.

늘 제목만 훑어보는 영화 코너로 가니 여전히 쓸데없는 잡서들
이 많았다. 제목에 "문학교수…"라고 들어간 책도 있어서 '교수
라고 자랑하나?' 싶었다.

전부터 사고 싶었던 책이 딱 한 권 외롭게 기다리고 있었다. 〈12

• 도시의 건조함 위에
위로하듯 걸려 있는 하늘빛. 참 곱다.

인의 성난 사람들〉의 감독 시드니 루멧이 수필처럼 쓴 『영화를
만든다는 것』을 계산대로 가져갔다. 계산대에서 다들 네다섯 권
씩 사는 모습이 부러웠다.
계산대 직원은 잠이 덜 깼는지 기운이 없어 보였다.

서점을 나와 노상에서 장사하는 젊은이와 실랑이를 벌이는 중
년 아저씨를 잠깐 구경하다 을지로로 향했다.
청계천 앞 횡단보도처럼 내가 서 있는 쪽과 건너편 사람이 상당
히 가까울 때, 파란불을 기다리며 눈이 마주치면 상당히 뻘쭘하
다. 그래서인지 휴대폰에 코 박은 사람이 많다.

가끔 내가 빨간불임에도 불구하고 사정이 급해서 무단횡단을 시도하면 휴대폰을 보다가 그냥 따라 나오는 비주체적인 인간들이 참 많다. 하지만 툭 하면 불법적 반사회적 행동을 하는 내가 더 나쁜 건 알고 있다.

을지로 샌드위치 가게에서 출출한 배를 채우기로 했다.
퇴근한 젊은이들이 많았고 나처럼 대리 뛰는 것으로 추정되는 아저씨도 후딱 먹고 나가는 게 보였다. 자리가 없어서 대형 유리 창문 앞에 붙어 있는 자리에 앉았다. 지나가는 사람들을 보며 우적우적 먹는데 참 민망했다. '먹방' 생방송을 출연료도 못 받으며 하고 있는 꼴이다. 차도에 정차한 택시 기사가 나를 보며 침을 꼴까닥 삼킬 것 같아 미안했다.
샌드위치 껍질을 치우고, 태운 누룽지로 끓인 것처럼 숭늉 맛 나는 커피를 마시며 친구를 기다렸다. 저녁 7시인데도 목적지까지의 거리가 다 멀어서 아직 첫 콜을 잡지 못했다.
친구가 도착하면 우리는 비호처럼 날아가서 '불금'의 대리 운전을 시작할 것이다.
"안전벨트 매주시구요, 출발하겠습니다."

내 멋대로 살아온
잘못

작년 12월부터 차를 너무 많이 혹사시켜서 엔진오일을 갈아주었다. 일권이네 카센터에 가니 일권이 아버지가 계셨다. "밥 먹으러 올라갔어. 금방 내려올 거여."

오일 좀 갈아달라고 말씀드리자 아버지는 차를 리프트에 올린 다음 타이어 바람부터 넣어주신다. 식사를 마친 일권이가 내려와서 차를 내리면서, 마모된 앞 타이어는 나중에 갈아도 문제없다고 말해줬다.

어느 대통령이 역설하신 지하경제 활성화를 위해 현찰로 7만 원을 주니 바로 아버지에게 바친다. 고집불통 아버지랑 같이 일하는 일권이 마음은 내가 아주 잘 안다.

저녁에 친구와 을지로에서 만나 관악구에 있는 푸르지오 아파트 행 첫 콜을 잡고 내 차가 뒤따라갔다.

주말 라디오는 평일만 못했다. 그나마 문화예술계 뉴스가 들을 만했다. 한국계 미주 배우 '산드라 오'(오미주 씨)가 골든 글로브 시상식 수상소감에서 "엄마, 아빠 사랑해요."라고 한국말로 말했다는 소식이 나온다. 갑자기 울컥했다. 그게 국뽕 뉴스인지 가족 지상주의인지는 모르겠지만 이상하게 몇 분 동안 눈물이 연속으로 나왔다.
'아이, 씨… 챙피하게 왜 자꾸 눈물이 나지?' 나 혼자 있는 차 안이라 다행이었다.

이북 함경도에서 공산당 빨갱이를 피해 내려온 아버지를 내가 '영감님'이라고 부르는 건 작은형이 그렇게 호칭하는 것을 따라 하다 입에 붙은 탓이다. 고등학교를 중퇴한 작은형과 아버지는 그들이 혈기왕성하던 시절, 식칼 부림이 나도록 싸웠다. 그 혈투를 엄마가 보고 어린 내가 봤다. 나는 그때부터 모든 싸움이 싫었다. 일반 대학에 가지 않고 육사에 간 것도 만날 데모질 하며 전경과 싸우는 대학생이 되기 싫어서였다.

육사를 때려치우자 아버지의 제2 타깃은 내가 되었다. 아버지는 나에게 "그 좋은 걸 중도 포기한 개새끼"라고 욕했다. 그때부터 나는 모든 개에게 가족적 동질감을 느꼈다.

시간이 흘러 냉전 상태가 지속되다가 결혼을 하니 아버지는 많이 변했다. 모 정당마저 빨갱이라 생각하시는 정치적 태도가 변한 건 아니지만 나에게 싫은 소리를 점점 덜했다. 막대한 지원도 아끼지 않았다. 철물점 거래처 물건값을 미리 당겨 종신 대출도 해주셨다. 아버지는 그런 존재였다. 그 빚 빨리 갚고 용돈도 드리고, 그러고 싶은데 가능성이 전혀 보이지 않는다. 큰형네, 누나네도 그럭저럭 살고 있고 철물점 바지 사장인 작은형도 이젠 자리를 잡았다.

나만 요 모양 요 꼴이라 한심하다. 독립영화를 했던 게 후회된다. 아니 문화예술 분야를 선택한 게 후회스럽다. 아니 너무 내 멋대로 살아온 게 잘못이었다. 다 내 탓이다.

이제는
대리기사를 부를 시간

유별난 외골수가 아닌 이상 사람은 친구가 필요하다. 친구(親舊)
는 '오래된 친한 사이'라는 말뜻처럼 장시간에 걸쳐 형성된 친밀
한 관계다. 같은 고향, 같은 학교, 같은 부대, 같은 직장에 있으면
서 정도 쌓이고 서로의 장단점을 알게 되어 얘기가 통한다.
친구는 남편보다, 아내보다, 자식보다 내 마음을 절실히 알아주
는 존재다. 그래서 욕할 놈년 있으면 같이 욕하며 분노하고, 축
하할 일 있으면 시샘을 감추면서 건배를 나눈다.

서울이라는 도시에 인구가 넘쳐나면서 집도 많아졌다. 하지만
사람들은 높은 집값을 도저히 감당할 수 없게 되자 서울 외곽의
아파트나 빌라로 빠져나갔다.

이사할 곳의 거리와 방향은 살던 곳과 그리 멀지 않아야 한다. 그래서 서울 동쪽에 살던 사람들은 구리나 남양주로, 강북에 살던 사람들은 의정부나 동두천 쪽으로, 서북쪽 살던 사람들은 일산이나 멀게는 파주까지, 서남쪽에 살던 이들은 인천, 부천, 부평으로, 강남에 살던 사람들은 수지, 판교 등으로 뻗어 나갔다. 몸과 가재도구는 이사했지만 친구들도 싸갈 순 없었다.

힘들고 피곤한 생활이 이어지다 보면 친구가 그립고 정겹던 곳에서의 한잔이 절실해진다. 자주 마시던 곳도 좋고 종로도 좋고 강남도 좋다. 돌리고~ 돌리고~ 폭탄주도 좋다. 막걸리도 좋다.

새로 입주한 아파트 시세가 몇 억이 올랐는데 이깟 술값이 문제냐? 오늘은 내가 산다. 너는 내년에 사라. 아니 너도 우리 동네 아파트 사라. 내가 보증한다. 행복한 취기가 올라 자정을 넘기고 이제는 집으로 돌아갈 시간.

대리기사를 부른다. 10분이 지났는데 오지를 않는다. 이놈의 기사 놈은 뭐하는데 이리 오래 걸려? 기사가 헐레벌떡 도착하면 그제야 서로 술값을 낸다고 실랑이를 벌인다. 담배 한 대 피우고 출발하자고 기사에게 기다려 달라며 보닛 위에 짐을 올려두기도 한다.

드디어 출발. 큰소리로 통화를 하든, 노래를 부르든, 유튜브로 성경 공부를 하든 내 맘이다. 내가 낸 돈으로 산 내 공간이요, 기사 따위는 내가 엄연히 돈을 주고 부른 드라이버니까 상관없다. 불만이 있으면 딴 차 잡아라. 나는 또 다른 놈 부르면 되니까. 너 말고도 대리기사는 얼마든지 많다.

도착 후 주차할 자리를 찾아 뺑뺑 돌다 겨우 주차를 마친 대리기사가 복귀하는 것은 내 알 바 아니다. 우주정거장 기지 같은 아파트 지하 주차장에서 비상 탈출하듯 출구를 찾아 10분이 걸려 걸어 나가든, 찜질방에 가서 있다가 첫차를 타고 돌아가든 전혀 내 알 바가 아니다. 당신은 대리기사고 나는 결제를 마쳤다. 대리비가 너무 낮다고? 네가 계약한 회사에 얘기해라. 나는 경제적 소비자일 뿐이다.

나의
선택

미세먼지로 수도권 전체가 안개 낀 제주도의 평화로 같았다.

을지로에서 친구를 기다리고 있다가 첫 콜을 잡았다. 50m도 떨어지지 않은 곳이었다. 신촌 Y대학병원 장례식장에 가는 모양이었다.

가는 동안 차주가 회사에서 잔업하고 있는 부하 직원과 통화를 나누는데 전화기 너머의 목소리도 다 들렸다.

회사의 누구, 누구, 누구 뒷담화를 계속하다가 "그쪽은 수익성이 없으니 너무 깊게 파고들지 마."라고 충고한다.

부하가 "그 자식 귓볼을 날리고 엎드려 뻗혀도 시키고 해야 하는데…."라고 말하니 "너 원래 내 통치 방식 안 좋아했잖아?"라고 묻는다.

• 늘 같은 곳. 그곳의 풍경이 때론 낯설음이 된다.
  나무가 보이지 않는다.

요즘은 군대에서도 하지 않는다는 구타행위의 대물림 관행인
걸까?
무슨 일을 하는 회사인지는 모르겠지만 어떻게 그런 분위기를
유지하고 있는지 신기했다.
어느 정당 의원의 장례식이 있었던 Y대학병원을 빠져나온 후
인천 연수구로 가는 장거리 콜을 잡았다.
술에 취한 건 이해하지만 대관절 무슨 안주를 드셨는지 악취가
심했다. 가는 내내 화생방 훈련하는 마음으로 운전했다.

말도 많았다. 자기는 정말 열심히 살았는데 결국 돈은 별로 없단다. 대통령이 정말 미친 짓 한다. 국토부 장관, 정말 무서운 여자다. 혼자 말하고 혼자 웃는데, 가끔 듣고 있는 척 대답은 해줘야하니 고역이었다.

중간에 쉬 마렵다고 잠깐 차를 세워달라고 해서 고속도로를 빠져나갔다가 다시 들어갔다. 그 바람에 1시간이나 걸렸다. 미안했는지 마트에서 유자차 한 병을 사준다.

"저 따라오는 친구도 있는데요."라고 말하고 싶었지만 친구는 먹을 복이 없었다.

시흥과 군포 운행을 마치고 서울로 복귀하려고 차를 돌리다가 종로 창신동으로 가는 콜을 잡아 아귀가 딱 맞았다.

무척 젊고 세련된 남성이 특이한 디자인의 외제 차에 타고 있었다. 엔진 소리도 특이한 투 도어였다.

"이 차 앞이 좀 길어서요, 잘 부탁드립니다."라고 해서 "아하, 이거 몰아봤어요."라고 안심시켰다. 마음이 편했는지 행선지까지 주무시는 청년 갑부에게 "느그 아부지 뭐 하시노?"라고 물었으나 씹혔다. 내 목소리가 너무 작았나?

저녁 라디오에서 20대 남성들의 보수적 성향에 대한 얘기가 나왔다. 상대적으로 진보적이고 낭만적인 20대 여성 유권자에 비해 젊은 남성들이 왜 보수적이 되는가, 사회자가 질문했다. 패널로 나온 통계 전문가는 "아들들이 취업도 힘들고 해봤자 월급만으로 집 한 채 사지 못하는 상황이다. 그러다 보니 아버지의 재산을 미래에 물려받을 자기재산으로 인식하고, 재산권에 손해가 되는 정책을 펴는 정권에 반감을 갖는 것도 하나의 원인"이라고 말했다.

작년 말, 영감님께서 당분간 물건 대줄 테니 어디다 작은 철물점이나 차리라고 했을 때 "아이고 고맙습니다, 아버지. 저 정말 잘해볼게요, 사랑해요."라며 넙죽 받았어야 했나?
그러긴 정말 싫었다. 철물 장사는 좋은 직업이고 재미도 있었지만 남은 인생이 철물점에 머무르게 될까 봐 두려웠다. 이 선택에 후회는 없다.

현실의 탈출구는
있을까

7시 반에 친구를 태우고 8시 넘도록 콜을 잡지 못하고 빙빙 돌다가 용산에서 첫 콜을 잡았다.

서초동에 있는 영어 이름의 고급 아파트로 갔다가, 양재에서 경기도 광주 오포읍 영어 이름의 아파트로 갔다가, 수원 매탄에서 서울 은평구 응암동 WOO성 아파트로 가는 장거리 콜을 잡았다.

며칠 전 수유리 어느 편의점에서 하이패스 단말기를 사서 구리 휴게소까지 가서 등록했는데, 오늘 처음 사용했다. 요금 받는 여성 노동자의 일자리를 줄여서 유감이지만 친구가 모는 차를 바짝 추격하기 위해선 어쩔 수 없었다.

이어서 상암동 Y티앤 건물에서 남양주 별내로 가는 콜을 잡았다. 십여 분 걸려 도착해서 친구가 차주에게 전화하니 다른 회사 대리가 와서 이미 출발했다고 한다.

그럼 취소를 하든지 전화를 해줘야지!!

사우디아라비아에서 수입한 기름도 날리고 피 같은 두 사람의 시간까지 버리게 하는가? 친구 전화를 빼앗아 쌍욕을 퍼붓고 싶었지만 참았다.

친구는 "야~ 이 사람 정말" 정도의 한숨 섞인 푸념을 하면서 다른 콜을 잡기 위해 손가락에 사력을 다했다.

십여 분 후 서교동에서 일산에 있는 영어 이름의 아파트로 가는 콜을 잡았다. 이제 서울로 들어오는 콜만 잡히면 된다. 아싸~ 운정3동에서 마포구 망원동으로 오는 마지막 운행을 마치고 우리의 정산을 위해 계산기를 두드렸다.

친구의 대리 운전 앱에 107,200원의 포인트가 찍혔다. 기름값과 톨게이트비로 나간 25,000원을 제하면 82,200원이다. 25,000원 + 41,000원 해서 66,000원을 달라고 했는데 친구는 100원까지 정확히 41,100원 + 25,000원 = 66,100원을 입금해줬다.

영화 〈피아니스트〉에서 캐러멜 나눠먹는 장면처럼 전쟁 나면 콩 한 쪽도 정확히 반 나눠 먹을 친구다.

2019년 1월 16일 수요일 01:53:36

입금   내 계좌 142-161209-02-***

배우진
66,100원 입금했습니다.
모바일

메모 입력 (최대 20자까지 입력)   작성

초등학교 동창인 친구는 6학년 1학기 때 반장, 나는 2학기 때 반
장이었다. 서로의 집에 수시로 놀러 갔었다. 친구가 고등학교 졸
업 후 공군으로 30개월, 내가 외대 다니다 휴학하고 육군 운전병
으로 26개월 복무할 때도 서로 위문편지를 주고받았다.

일찍 사회인이 된 친구는 오랜 기간 고깃집을 운영했다. 사장이
었을 땐 아널드 슈워제네거처럼 몸이 좋은 친구였는데 몇 년 전
큰 병치레를 했다. 쉬면서 몸을 추스르다 최근에 고깃집에서 아
르바이트를 했는데, 하루 10만 원 벌려고 아침 9시 반에 나와서
밤 12시 반에야 집에 오는 그 생활에 진절머리를 쳤다. 그래도
최저임금도 안 되는 이 대리기사를 오래 하다간 둘 다 거지꼴이
될 것이 뻔하니 어서 각자 탈출구를 찾자고 했다. 친구는 "그래
야지." 하면서 허허 웃었다.

막걸리가
그리운 날

"오늘은 또 어느 쪽으로 가볼까?" 하며 친구가 핸들을 충정로에서 광화문으로 돌릴 때 첫 콜이 잡혔다.

서울역 뒤 청파동에서 은평구 불광동 초록빛 아파트로 가는 내 또래 남자였다. 7살 아들을 키우고 있는데 육아 활동이 너무 피곤하단다. 그래도 저번에 아내가 아이 데리고 일본 갔을 때 "진짜 천국이었다."라고 자랑하듯 말했다.

결혼하지 않은 친구들이 부럽다고 하면서 내게 결혼했는지, 아이가 있는지 묻는다.

결혼은 했지만 아이는 안 키운다고 말했다.

"진짜 상팔자세요."라고 하기에 "제가 사마천처럼 고자라서요."라고 말하려다 침묵했다.

자기 회사 상사가 아들을 의대에 보내고 비싼 의학 원서 값, 원룸 임대료 등에 1억 정도 대고 등골이 빠졌단다. 자기는 아들이 자라면 학비 많이 드는 학교 말고 사관학교나 경찰대 보내고 싶다고 해서 "그거 괜찮죠."라고 부추겼다.

자기는 공대 나와서 RT로 공병대에 있었다며, "군대에서 말뚝 박았어야 했는데…."라고 아쉬워했다. "RT가 아니라 ROTC(예비장교훈련단)라고 해야죠! 자부심을 가지세요, 자부심을!"이라고 말하려다 또 침묵했다.

낮에는 뭐 하시냐고 또 물어서 "8시까지 퍼져 자다 일어나 아침밥 먹는데 요리는 제가 잼뱅이라 설거지를 담당하고 있고, 집 청소는 이틀에 한 번 하고, 매일 김태오 회장님 산책과 고양이 똥 치우기, 각종 쓰레기 분리 처리를 마치고 걸레도 빱니다."라고 장황하게 얘기하려다 귀찮아서 "글 같은 거 씁니다."라고 대답했다.

"아, 작가시군요. 책 쓰시나 봐요?" 물어서 "예, 현대사 첩보 액션 미스터리물 하나 쓰고 있습니다."라고 말하려다가 "그냥 청소년용 책 하나 썼어요. 영상 작업도 했구요."라고 진술했다.

"영상이라 하면…." 아, 이 사람 은근 집요하네, 생각하며 "다큐멘터리 했습니다, 돈 안 되는 거요."라고 말하니 "제가 하고 싶었던 거 하셨네요. 제가 역사책을 많이 읽었습니다. 탐사하고 발굴

하는 고고학자가 되고 싶었는데 아버지한테 프라이팬으로 맞고 공대 간 거예요."라고 말한다. 『로마인 이야기』의 '카이사르' 부분은 닳도록 읽었고, 『삼국지』도 마스터했다고 한다.

자기는 누워서도 책 읽고 똥 쌀 때도 책을 읽는다며, 주로 책을 빌리지 않고 사서 보는데 잘 버리지 못하는 성격이라고 한다. 결혼할 때 아내가 도대체 책이 왜 이리 많으냐고 불평했다고 한다.

이 말 많은 차주를 곱게 모셔드린 이후 만난 고객들은 대부분 과묵했다.

진관동에서 부천 까치울역으로 두 번째 운행을 마치니 눈이 사르르 분필 가루 뿌리듯 내렸다. 하지만 달리는 타이어 자국들이 칠판 지우개처럼 바로바로 눈을 지워 쌓이진 않았다.

비가 처벅처벅 내리는 날, 파전과 막걸리가 당기듯 이렇게 습도가 높은 날은 이상하게 술이 생각난다. 그래서 낮부터 술이 그리웠나 보다.

참는 자에게 복이 있나니, 대리를 부르는 취객들이 평소보다 많았다. 콜이 연달아 잡혔다.

점저를 부실하게 먹어서 배가 꼬르륵 고팠지만 뒤따라오는 친구에게 초코바랑 커피 하나 사 달라 부탁하고 고객들의 요청에 재빨리 응답했다.

트럭 운행이 두 건이나 있었다.

부평 삼산동으로 가는 차주는 부인과 통화하면서 "일 좀 그만둬라. 몸이 아픈데 무슨 일이냐?"라고 짜증을 냈다. 그러면서도 장인, 장모의 건강까지 걱정하면서 "다음 주에 보약 한 재 지을 돈 부치겠다."고 거칠게 말하는 상남자였다.

개봉동으로 들어오는 봉고 트럭은 스틱 방식이었다. 차 안은 땀이 말라 쩐 냄새가 배어 있었다. 명함 곽을 보니 에어컨 설치하는 업자라 반가웠다.

"뼈 빠지게 벌어서 비트코인 같은 데 돈 버리지 말고 잘 사세요."라고 덕담했으나 쿨쿨 주무시고 계셨다. 오늘처럼 추운 날 바깥에서 얼마나 고생했을까?

육군 60사단 '두돈 반(2와 1/2톤)' 트럭 운전병 경력에 오성건재 봉고차 운전수 출신다운 솜씨로 부드럽게 수동 변속기 차의 운행을 마치자마자 또 노원구 중계동으로 가는 콜을 낚아챘다.

강을 건너 내부순환로를 타야 하는데 올림픽대로로 잘못 빠져서 "아, 죄송합니다. 제가 이따 좀 빼드릴 게요."라고 말하니 차주께서 "괜찮아요, 이따 보죠 뭐."라고 말씀해주셨다.

운행을 마치니 "제가 지금 갖고 있는 잔돈이 이거밖에 없다."라며 4등분으로 접힌 천 원 지폐 한 장을 주신다. 소액의 팁이지만 기분 좋게 받았다.

오늘 돈 좀 벌었나 싶었지만 정산해보니 평소보다 만 원 정도 더 벌었다. 그래도 이게 어딘가. 매일 오늘처럼 콜이 빗발치면 소원이 없겠다.

돌아오는 길에 막걸리와 과자 한 봉지를 샀다.

눈으로 씻긴 서울의 공기는 차가웠지만 어느 때보다 상쾌했다.

대리기사,
계속할 것인가 말 것인가

평소보다 좀 일찍 집을 나와서 을지로, 늘 그 자리에 차를 두고 식당을 찾았다.

옛날 짜장면을 먹을까 하다가 '저녁에 밀가루 먹으면 안 되지.' 생각하고 있는 찰나, 돈가스 집 간판이 눈에 꽂혔다. 돼지에게 미안했지만 오래간만이기도 해서 들어갔다.

돈가스 하나를 시키고 기다리며 메뉴판 옆을 보니 "돈가스의 영원한 친구 시원한 생맥주!"라고 써 붙여놨다.

'유혹에 빠지면 안 되지! 대리 일당도 못 벌고 대리 불러서 집에 갈 거냐?'라고 자답 자문하고 있는데 뒤통수만 보이는 앞 테이블의 남자, 돈가스에 생맥주 500cc를 보란 듯이 시킨다. 내 오른쪽 옆 청년은 일반 맛 절반, 매운맛 절반 나오는 반반 돈가스를

- 친구는 좋은 것이다. 그게 한 끼 밥, 한잔 술이어도

시킨 후 맥주 500cc와 소주 한 병도 시킨다. 동행이 있나 해서
봤더니 혼자 맥주를 홀짝 들이켜서 1~2cm 공간을 만든다. 거기
에 흔들어 딴 소주를 타서 마셨다.

'아 자식, 술 되게 맛있게 먹을 줄 아네.' 하고 있는데 늦게 들어
온 왼쪽 옆 테이블 아저씨가 돈가스 정식을 시킨다. 나오는 걸
보니 메밀국수까지 딸려 나온다. 아 나도 1,000원 더 주고 저거
먹을걸.

근데 이 사람들이 오늘 나 약 올리려고 미리 짰나? 야속했다.

30분쯤 지나 친구가 도착했다.

"불타는 금요일, 부어라 부어라. 마셔라 마셔라. 안심하고 드세요. 총알처럼 달려가는 대리기사 2인 1조 금방 도착합니다~."

금융회사가 많은 여의도에서 첫 콜을 잡아보자고 한강을 건너가서 기다렸지만 8시 39분에야 부평 산곡동의 WOO성 4차아파트 가는 콜을 잡았다.

오늘은 내가 선수로 등판하는 날이라 친구는 내가 모는 차 뒤꽁무니를 따라왔다. 출발지는 전에 아는 프로덕션 영상물 촬영할 때 가봤던 영등포 아트홀이었다.

옆 골목에 가서 전화하니 갈빗집 이름을 말한다. "네, 지금 그 갈빗집 문 앞에 있습니다."

주차장에 비상등을 켜고 있다고 해서 갈빗집 주변 주차구역을 살폈지만 깜박거리는 차는 없었다.

"어느 주차장에 계시죠? 안 보이는데요."

"영등포 아트홀 주차장 안에 있잖아요."라고 말하는 취객의 말에 짜증이 많이 섞였다. 나도 짜증이 난 채로 차를 찾아갔다. 기어가 인덕션 불 조절하는 원통처럼 생긴 외제 차 조수석에 나보다 좀 어린 친구가 앉아 있었다.

운행 내내 라디오를 크게 틀어놔서 짜증이 점점 타올랐다. 면상을 보고 싶어서 정차 때 고개를 힐끔 돌리니 오른쪽으로 머리를 돌린 채 주무시는 바람에 확인이 불가했다.

〈타짜〉에 나오는 배우 B의 말투로 "너는 돈은 좀 많아 보이는데 어디 가서 인성 공부는 아니 했니?"라고 질문했지만 답이 없었다. 무음 모드로 물었기 때문.

아파트에 도착해서 주차장 끝까지 들어가니 주차 자리가 딱 하나 남아 있었다. 조명이 거의 없어서 어두웠지만 주차는 예쁘게 해줬다. 평소엔 "고맙습니다." 또는 "잘 들어가세요."라고 말하지만, 나도 그 친구도 아무 말 없이 헤어졌다.

상동에서 부평 십정동으로 가는 두 번째 콜은 아빠, 엄마, 고등학생 아들, 딸로 보이는 가족이었다. 내 뒤에 앉은 아들, 속사포처럼 말이 많았다.

서브웨이의 모회사가 어디냐는 아빠의 궁금증에 "아빠, 맥도널드는 맥도널드 거지? 버거킹도 그냥 버거킹 거야. 서브웨이도 똑같아."라고 명쾌하게 면박을 줬다. 그러다 엄마와 아들과 딸은 영어 과외선생 성대모사까지 하면서 뒷담화를 치고, 아빠는 회사 지인과 통화 후 휴대폰 검색에 열성을 보였다.

이어 청천2동에서 부평 십정2동 일식집으로 2차 술자리에 가는 두 청년은 출발할 때 "잘 부탁드립니다."라고 해줬다. 짧았지만 기분 좋은 운행이었다.

계양구 서운동에 있는 실낙원 인천장례식장에서 서울 봉천동 아파트로 가는 중년 남자는 5분이 넘도록 나타나지 않아서 확 그냥 취소시킬까 고민했지만 친구의 차는 이미 서울을 향해 쭉 쭉 달리고 있었다.

경인고속도로를 타고 도착지에 와서 확인해보니 현금 결제였다. 27,000원이 나왔는데 만 원짜리 세 장을 내민다. 3,000원을 거슬러 드리겠다고 제스처를 취하니 됐다고 사양해서 아까 늦게 나온 죄를 사해줬다.

상도동 숭실대 안에 있는 한국기독교박물관에서 고양 덕양구 삼원로로 가는 젊은 부부는 참 말을 예쁘게 했다.

"차를 좀 멀리 주차해놨어요. 죄송해요."

서로를 배려하는 두 사람의 대화도 훈훈했다. "자기 추워?", "여기 침낭 있어서 괜찮아."

대화에 "쫑파티, 시나리오, 초고 봤는데…." 등의 대사가 있었다. 아마 영화나 방송 쪽 일을 하는 것 같았다.

"저도 한때 독립영화 했었습니다."라고 하진 않았다. 괜히 체면

만 구길 것 같았다.

새벽 1시 6분에 원흥역에서 잡은 마지막 콜은 남양주 별내의 A
이파크 아파트 행이었다. 50대 차주는 내게 당구장이 있는 건물
지하로 내려오라 알리고, 헤어지는 친구에게 "오늘 100만 원 벌
어서 괜찮아."라고 말한다. 내기 당구를 친 모양이었다.
차가 무척 고급스러웠다. 후방 카메라, 전방 카메라 다 달려 있
었다. 나이에 어울리지 않게 캐주얼 복장을 한 차주는 처음 듣는
이상한 한국 가요를 나이트클럽마냥 우퍼 스피커로 빵빵하게
틀어놓은 채 내 쪽을 향해 얼굴을 돌리고 주무셨다.
그 얼굴을 유심히 바라보니 파마머리 한 어느 가수를 닮았다. 정
말 거슬렸다.

불금이었는데 6건 뛰어 총 14만 원을 벌었다.
2시쯤 콜이 우수수 쏟아졌지만 피곤도 함께 쏟아져서 복귀하기
로 했다.
대기업 ㅋㅋㅇ에 수수료 떼이고 기름값 2만 원 떼고 각자 46,000
원 번 셈이다.

돌아오면서 친구에게 대리기사를 계속할지 말지, 우리 정말 진

지하게 생각해보자고 말했다. 이건 아무리 짱구를 굴려봐도 너무 수입이 적다. 기름 태우고 차 닳고, 앞으로 남고 뒤로 밑지는 어리석은 장사다. 내일 운행 후, 일요일 하루 동안 쉬면서 심각하게 고민해보고 각자의 생각을 논의하기로 했다.

나는 안 하는 방향으로, 친구는 계속하는 방향으로 토론해보기로 했다. 토론에 이기는 사람이 술을 사는 거다. 그 술이 대리기사 생활을 마감하는 위로주가 될지, 새롭게 마음을 다잡는 건배주가 될지는 나도 친구도 점쟁이도 아직 모른다.

불행한 사회에서
살아남기

"아저씨 브레이크가 자꾸 밀려요~"
"사모님 문제는 브레이크 패드~"

뮤지컬 형식의 라디오 광고를 들을 때마다 내가 봉착한 문제의
원인은 무엇인가, 심각하게 따져보았지만 마땅한 답을 찾지 못
하겠다.

친구가 세 번째로 잡은 차를 뒤쫓기 위해 포털 검색창에 '강남
신반포자일 아파트'로 가는 길을 검색했다. 매매 시세부터 맨 위
에 뜨는데 가격이 20억에서 30억이다. 입주자들은 도대체 직업
이 뭐기에 그 돈을 버셨을까?

강변북로를 탔는데 라디오에서 "장가갈 수 있을까? 장가갈 수 있을까?"라는 노랫소리가 나와서 "장가가면 뭐 하노? 장가가면 뭐 하노?"라고 되물어줬지만 라디오는 쌍방향이 아니었다.

잠원동에 있는 아파트 정문에 도착해 대기하고 있는데 "지금 지하에서 올라가고 있어~"라는 친구의 문자가 왔다. 친구는 몇 층까지 내려가서 주차했을까?

친구는 비혼주의자로 자유롭게 살고 싶어 한다. 나는 결혼을 했지만 그래도 무자식 상팔자다.

한국사회에서 결혼하지 않은 사람, 결혼해서 아이를 낳지 않는 사람은 이상한 사람으로 취급받는다. 동성애자, 장애인처럼 소수자가 되고 만다. 내가 어떤 방식으로 살아가는가에 대해 내 본연의 의지보다 타인의 시선을 의식해야 하는 경우가 많다. 불행한 사회다.

토요일은 콜이 별로 없어서 대리기사들은 불행하다. 다들 지방으로 놀러 갔는지 목포로 땅을 사러 갔는지 알 수 없지만 대리운전을 필요로 하는 수요가 별로 없었다. 오늘은 공쳤나 보다. 집에나 가자, 하고 을지로 본대로 들어왔다.

기름값 10,000원+17,800원=27,800원이 친구의 이름으로 입금
되었다.

입금 알림을 보니 친구가 이틀에 한번 일당 주는 사장님처럼 느
껴졌다.

친구를 내려주고 공차로 귀가하기 아까워서 동선 맞는 카풀을 찾았다. 서울역 서부에서 한 젊은이를 태웠다. 지방에 다녀오는 길이라고 한다.

북쪽으로 가기 위해 유턴을 했다. 서부역에서부터 숙명여자대학교!! 방향으로 '빈차' 표시된 택시 수십 대가 끝도 없이 쭉~ 서 있었다. 그 광경에 나도 놀라고 라이더도 놀랐다. 그때부터 이 젊은 라이더, 택시에 대한 부정적 경험치를 펼쳤다. 최근 안타까운 일들이 있는 건 알지만 승차 거부를 하거나 웃돈 받는 택시들 때문에 자신은 절대 택시를 타지 않는다고 열변을 토했다.

가난한 이들은 서로 싸우고 상처 주면서 더 가난해지는 반면 가진 자들은 서로 아끼고 고급 정보를 주고받으면서 더욱 부자가 되는 것 같다. 나는 그런 정보를 주고받기엔 죄를 너무 많이 지었다.

가장 큰 죄는 영화 〈빠삐용〉에서 나오는 말, '인생을 낭비한 죄, 시간을 낭비한 죄'다.

그럼에도
나는 기다린다

대리 운전을 계속할지 말지에 관한 친구와의 토론은 나의 패배
로 결론 났다. 늑대가 우는 시간이 되면 또 나가야 한다. 대신 방
식을 바꿨다.

2인 1조로 다니는 것은 밖에서 오들달 떠는 시간이 적으니 편하
긴 하지만 기름도 많이 들고 수입도 2등분해야 하니 오늘부터는
각자도생으로 뛰어보는 것으로 했다. 하지만 혹 장거리 콜을 잡
게 되면 통화해서 도착지 주소를 공유하고 각자의 차로 적지 한
복판에 떨어진 친구를 구조하러 가기로 했다.

"라이언 일병 기다려, YOU GO, WE GO! 전우애는 살아 있다."

얼마 전 구매하고 구리휴게소에서 등록한 하이패스 단말기가
제대로 인식되지 않아서 미납 통행료 납부고지서가 ㅋ톡으로

날아왔다.

4만 원 넘게 주고 샀는데 왜 안 되는가?! 항의하기 위해 구리에 또 갔다.

문제는 단말기를 부착한 위치였다. 단말기를 고정하는 접착 필름을 유리창 가운데 붙여서 단말기가 제대로 인식되게 해야 하는 것이었다. 그러면 등록할 때 좀 제대로 말해주지.

항의는커녕 아무 말도 하지 못하고 돌아왔다. 기름만 태우고.

구리에 가니 전에 애청하던 '최씨의 즐거운 라디오'가 생각났다. 프로그램의 끝에는 '3K 시대'라는 성대모사 코너가 있었다. 최씨는 전직 총리를 맡고 동료 배씨가 전직 대통령 2인의 목소리를 커버했다. 두 전직 대통령과 유신 본당 전직 총리의 시답잖은 토론이 끝나면 퀴즈가 나왔는데 힌트를 너무 노골적으로 줬다. 하루는 정답이 '너구리'였는데, 최씨가 배씨에게 "너 구리 살지?"라고 물으며 협찬 광고주를 소개하고 마무리했다. 지금 생각하면 너무 유치하지만 그때 운전하며 배꼽 잡고 웃다가 사고가 날 뻔했다.

최씨는 나중에 M비시로부터 하루아침에 해고를 당했다.

M비시를 규탄한다~! 규탄한다~!

정릉 고개를 지날 때쯤 라디오 여성 진행자가 유명 남녀 두 배우의 열애설을 소개하며 남자배우가 드라마 〈비밀의 정원〉에서 불렀던 노래를 틀어줬다. "이 바보 같은 사랑 이 거지 같은 사랑 계속해야 니가 나를 사랑 하겠니? 아아~"라는 가사가 나온다. "아아~"라는 부분은 남자인 내가 들어도 야하다. 그 남자배우를 좋아하는 여성들이 이 부분에서 숨이 넘어갈 만하다.

전직 여자 대통령도 청와대 안에서 애 시청했을 것이다. 그 남자배우는 M비시의 어느 앵커의 젊은 시절과 참 많이 닮았다.

눈이 오고 갑자기 쌀쌀해진다. 친구와 2인 1조 하던 때가 그리울 것 같다.

영화를 봤다. 나이트 샤말란 감독의 〈글라스〉. 맥어 보이의 미친 연기력과 멋지게 늙은 브루스 윌리스의 눈빛, 감독의 천재성이 빛나는 작품이었다.

평일 4시 반에 시작해서 그런지 독립영화 전용관이나 예술영화관처럼 관객은 10명도 안 됐다. 나와 별로 친하진 않지만 같이 살아주시는 분은 2017년에 장편영화로 첫 작품을 선보여 감독협회에 가입하셨다. 협회는 한 달에 8번(동행이 있을 경우 2×4번), M상자 영화관 무료입장 카드를 그녀에게 제공했다. 덕분에 가끔 공짜로 잘 얻어 본다.

7시쯤 을지로로 가서 차를 대고 나홀로 대리를 시작했다.

기동성 있게 움직이기 위해 을지로처럼 2호선과 3호선이 만나는 교대로 갔다.

8시 반쯤부터 콜은 많이 떴다. 하지만 거리가 멀거나 수많은 경쟁자들의 손가락 속도에 너무 순식간에 사라져 단 한 건도 잡지 못했다. 하나를 잡긴 했는데 경기도 화성까지 가는 것이라 취소했다.

친구는 영등포 쪽으로 갔는데 역시 콜을 잡지 못해서 서울대 입구 쪽에서 암약해보겠다는 문자를 보낸다.

대리 콜은 예상금액 건과 확정금액 건으로 나뉜다. 예상금액은 운행시간이 지체되면 택시처럼 요금이 올라가는 반면 확정금액은 무조건 그 금액에 가야 한다.

이용자가 10,000원 확정으로 올렸다가 대리기사들이 잡지 않으면 11,000원으로 올린다. 그래도 안 잡으면 12,000원으로 올린다. 그러면 누군가가 그거라도 하겠다고 낚아챈다.

염전으로 팔려갈 노예를 거래하는 경매시장에 서 있는 것 같다.

ㅋㅋㅇ 대리기사 시스템을 만든 작자를 한번 만나보고 싶다.

만나면 먼저 귓불을 한 대 갈긴 다음, "손바닥 내밀어!"

내가 여태 했던 37(12월)+46(1월) 건수만큼 그의 키보드로 탁탁

내리치고 싶다.

"네가 한번 이 추위에 나가 그 돈 받고 대리 뛰어봐라, 이 자식아."

내일 아침 일찍 볼일이 있어 그냥 귀가하기로 했다. 친구는 나처럼 공치지 않길 바라며.

가끔은 신이
나를 돕기도 한다

7시쯤 광화문역 근처에 차를 세우고 조선일보 건물을 지나 시청 쪽으로 걸었다. 걷다 보니 길 건너서 찍는 게 낫겠다 싶어서 횡단보도 쪽으로 방향을 꺾었다.

오른손에는 준비 중인 현대사 첩보 미스터리물에 삽입할 서울 시의회(전 대한민국 국회의사당) 건물을 찍기 위한 묵직한 카메라가 들려 있다. 그렇다. 나는 오늘 사진을 찍으려고 나온 것이지 절대 대리 운전 따위를 하러 나온 것이 아니다.

광화문역 6번 출구와 동아일보 쪽을 연결하는 횡단보도 중간쯤 이었다. 한 시민께서 서울 시장의 젊은 시절 사진을 붙여놓고 간첩이라고 주장하는 절절한 퍼포먼스를 펼치고 계셨다. 깜박 깜

120

• 이곳이 국회의사당이었던 때, 지금 우리의 현실을 대입하는 일은 어렵지
않다.

박거리는 손전등으로 친절하게 사진들을 비춰서, 무시하며 지나

가는 행인들의 시선을 끌어보기도 하고 파룬궁 무술 같은 움직

임도 보여줬다. 등에는 전력을 확보하는 데 필요한 차량용 배터

리 두 대가 집게에 물려 있었는데 전기고문 도구처럼 보였다.

"참 수고가 많소. 약값이 참 많이 들 텐데…."라고 격려의 혼잣말

을 드렸다.

이렇게 나온 김에 대리 딱 한 건만 하고 들어가자. 기름값이라도

벌어야 하지 않간?

을지로로 가고 있는데 라디오에서 의사 K용주의 익숙한 목소리가 나온다. "당뇨를 막기 위해 골고루 소식하는 게 가장 좋은 건강식"이라고 충고해주신다.

1980년 광주항쟁 때 고3이었던 K용주는 최연소 장기수로 유명하다. 1985년 안전기획부가 조작한 구미 유학생 간첩단 사건에 휘말려 1999년 2월에야 감옥에서 나왔다. 준법서약서 한 장 쓰면 중간에 얼마든지 나올 수 있었지만 그는 거부했다. 양심 때문이었다.

그는 의사가 되었다. 중랑구 동부시장에서 병원을 개업했을 때나도 몇 번 가서 목이랑 어깨에 치료를 받았다. 고문 후유증에 시달리는 간첩 조작 사건 생존자 선생님들이나 나처럼 허약한 후배가 들려 병원 온 김에 떡 본다고, 치료도 받고 밥도 얻어 먹었다.

요즘 그의 SNS에서 보여주는 술 먹고 여행하는 모습은 시샘이 나면서 좀 얄밉다. 그래도 오랜 시간 감옥에서 시간을 보내야 했던 불효자가 노모를 모시고 여행하는 사진을 보면 참 행복해 보여서 부럽다. 용주 형은 세상에 모르는 게 없는 척척박사인데 술에 취하면 자기 말이 맞다고 너무 우겨서 당혹스러울 때가 있었다. 그래도 봐줄 만한 주사다.

8시 42분, 1km 안쪽 근거리에 콜이 떴다. 인천 가는 장거리 콜. 확정도 아니고 현금도 아니고 카드 결제로 예정되어 추가 요금을 받을 수 있다. 지하철도 있으니 충분히 복귀 가능한 시간이다. 이 모든 것을 0.1초 만에 판단하고 수락 버튼을 눌렀다. 당첨! 배정받고 바로 전화를 해야 한다. 안 그러면 딴 사람을 부를 수도 있다.

"대리 부르셨죠? 가는 데 10분 정도 걸립니다."

가톨릭 평화방송 지나 영락교회 옆 골목으로 가니 건장한 남자 셋이 있었다. 두 사람이 탔는데 조수석에 탄 남자, 경유를 원했다. "얼마든지요." 그런데 이 젊은 양반, 뭘 또 맛나게 드셨는지 악취가 심했다.

휴대폰 영상통화로 "사과 맛 딸기 맛 좋아 좋아" 하며 중독성 있는 CF송을 부르는 딸과 한자 시험 얘기하고, 뒷자리의 차주와 업무 관련 수다를 떠는데 내 코는 고통에 시달렸다.

호주에도 갔었고 미국 뉴욕에서도 오래 있었다고 한다.

"너는 그런 좋은 곳에 가서 manner도 아니 learn 했니?"라고 물었지만 묵음 처리됐다.

자기 아버지가 손녀딸 한자 시험 승급 때마다 용돈을 주신다며 자랑한다. 아버지가 퇴직 후 받은 돈으로 어머니가 주식하며 차를 자주 바꿨단다. 그런데 '작전주'에 속아 전 재산을 탕진해서 부모님이 이혼 직전까지 갔었다며, 자기는 절대 주식은 하지 않는다고 한다.

"그거 아주 바람직하다." 역시 삐- 처리됐다.

경유지에 그 유학생 출신 아빠를 내려주고 또 한참을 운전해서 인천 남동구 서창2동 푸르죠 아파트로 갔다. 예상보다 요금이 많이 나왔다. 삐진 것 같아서 좀 빼드리니 아파트 입구에 정차해 주시고 편히 돌아가라고 배려한다.

오늘 이 한 건 뛰고 44,800원 벌었다.

하느님 아버지 감사합니다. 교회 다닐게요. 부처님 고맙습니다.

절에도 나가도록 하겠습니다. 나는 모든 신을 믿는다.

•   보이지만 보려고 하지 않는 마음.

새벽을
달린다

운전을 많이 하거나 근육을 많이 쓰는 일을 하면 목과 어깨가 욱신거렸다. 제주도에서 살 때 낮에는 에어컨 기사 보조 등으로 돈 벌고, 밤에는 냉골 같은 헌책방에서 편집을 하면서 통증이 심해졌던 것 같다. 가끔 한의원에 가서 부황을 뜨고 나면 좀 나아졌지만 일시적이었다. 작년에 서울로 돌아와 영감님 철물점에서 일당벌이 다닐 때도 자잘한 통증이 일상을 방해했는데, 수영을 다니면서 많이 좋아졌다.

수영은 1994년도에 태릉 골(선수촌 말고 서울여대 앞 국방부 소속 학교)에서 배웠다. 교관 제다이(Jdie, 영화 〈스타워즈〉의 수련자들)가 집중적으로 가르치는 것은 전투수영인 평영이었다. 자유영, 배영, 요란스러운 접영은 주로 팔을 노 삼아 앞으로 나간다. 그러나 평영은 물속의 다리를 개구리처럼 펼칠 때 발생하는 추진력으로 진격하는 영법이다. 소리가 거의 나지 않기 때문에 강이나 바다에 접한 적의 진지에 조용히 침투할 때 평영을 활용한다. 작년 몇 개월 동안 부지런히 4가지 영법을 배워서, 배영 할 때 코에 물이 들어가는 잘못된 폼도 고치고 어설프던 접영도 마스터했지만 나는 여전히 평영이 편했다.

대리 운전한답시고 저녁과 아침 시간을 놓쳐서 한동안 못 갔었는데 오늘 오래간만에 가서 자유수영으로 몇 바퀴를 돌고 왔다. 목욕탕에 온 것처럼 수다 떠는 할머니들이 턴 동작을 하는 출발선 코너를 차지하고 있었지만 원망하진 않았다.
30분쯤 돼서 이만 가볼까 하고 있는데 수영장에 늘 출근하는 장신의 어깨 깡패 미녀가 등장했다. 남자들은 젊은이나 늙은이나 공히 그녀의 몸을 힐끔힐끔 바라보느라 정신을 못 차렸다. 그녀는 그 시선들을 꽤 즐기는 것 같았다. 그녀가 아널드 슈워제네거 같은 구릿빛 근육질 청년과 깔깔깔 웃으며 대화하는 소리가 아줌마 할머니들의 수다 소리를 일거에 잠재우며 수영장 벽에 울려 퍼졌다.

수영장은 늘 파닥파닥 살아 있는 느낌을 준다. 인간은 모두 어머니의 몸이라는 작은 수영장에서 잉태되었다. 수영은 정말 좋은 운동이다.

집으로 돌아와 어제 콜이 많이 뜨는 걸 봐둔 곳으로 나갔다. 관악구 신림동으로 가는 콜 하나를 잡아 운행했다. 버스로 복귀하다 친구가 서울대 입구 쪽에서 암약 중이라고 해서 상봉했다. 친구는 어제 장거리를 잡아서 좀 짭짤했다고 한다.

6삼빌딩에서 가양동 대A 아파트가는 아주머니의 씽씽차는 승차감이 정말 꽝이었다. 노조를 압살하면서 차는 그따위로 만들다니! 이렇게 말하면 또 노조 탓할 회사다.

발산동에서 김포 운양동 전원세상 아파트로 가는 아저씨, 홍대 앞에서 정릉 바람숲 아파트로 가는 매너 남을 모셔다 드리니 새벽 2시가 넘었다.

정릉 '수유리 우동집'에서 한 사발씩 마시려고 했는데 마감되어 아쉬웠다. 친구가 '새달사(새벽을 달리는 사람들)'라는 대리기사 카페를 발견했다고 소개해줬다.

집으로 돌아오는 길에 편의점에서 간단한 요기를 사면서 20대 초반으로 보이는 아르바이트생에게 "당신도 새벽을 달리시고 있군요."라고 격려했다. "미쳤나요?"라고 할까 봐 소리 내어 말하진 않았다.

당신들의
심보

누나의 딸, 나를 외삼촌으로 부르는 조카의 결혼식에 다녀왔다.
사실 나는 결혼식 문화를 별로 좋아하지 않는다. 그래서 혼인신
고만 하고 제주도 서귀포 제지기오름에 올라가 자축 사진만 한
방 박고 내려왔다. 지인들 결혼식에 부지런히 축의금을 내오던
영감님은 내 결혼식 때 크게 한 방 회수하실 계획이었으나 내가
무참히 무산시켰다.

나는 사람들이 바글바글한 곳의 분주함이 싫고, 컨베이어 벨트
처럼 줄 서서 먹는 뷔페를 좋아하지 않는다. 그럼에도 불구하고
오늘 세 접시나 먹었다. 다 먹지도 못할 거면서 온갖 음식을 범
벅으로 산처럼 쌓아놓고 먹는 인간들이 몇 보였다.

잔반 그릇을 치우는 젊은 아르바이트생들은 매우 지쳐 보였다.

결혼식은 2시 20분에 시작되었다.

신랑이 입장할 때 "오늘 밤 주인공은 나야 나, 나야 나~" 신나는 음악에 맞춰 오두방정 춤을 추니 모든 하객들이 즐거워했다. 신랑은 신부를 위해 부드러운 발라드풍의 노래도 했는데 수준급이었다. 쾌활하면서도 성실한 신랑은 워킹홀리데이로 호주의 치킨공장에서 일한 경험이 있다고 했다. 여러 나라에서 온 외국인 노동자들이 모두 그를 좋아했다니, 조카가 썩 괜찮은 놈을 만난 것 같다. 신부 입장할 때 찔끔 눈물도 났다.

생각해보니 11살이나 차이 나는 누나가 결혼할 때 나는 중학생이었다. 특별히 기억나지 않지만, 뭐가 그리 서글펐는지 수도꼭지처럼 눈물을 흘렸다고 한다.

오전에 모시러 갔던 것처럼 영감님과 어머니를 다시 댁까지 모셔 드리고 집에 도착하니 저녁 8시가 되었다. 지출이 많은 날이니 조금이라도 벌어보자 하며 시내로 나갔다.

연희동 임강 아파트 근처에서 염창동 강변응원 아파트로 가는 콜 운행을 마쳤다. 버스를 타려고 정류장에서 발발발 떨고 있다가 염창동 민물장어 가게에서 마포구 신공덕동으로 가는 콜을 운 좋게 잡았다. "야~ 오늘 운수 대통한 거 아이가?"

차주를 태우고 시동을 거는 순간 계피향이 진하게 나는데 무슨 추어탕집에 온 줄 알았다. 그래도 역하지는 않았다.

버스를 이용해서 내 차로 복귀한 후 오래간만에 카풀을 한 건 잡았다. 발랄한 커플이었다.

"이 집 음식 참 훌륭해. 가격도 5만 얼마밖에 안 나왔어." 음식 얘기를 하는 커플에게서 와인 냄새가 났다. 대화를 들어보니 남자의 직업이 와인 소믈리에였다. 그런데 이 젊은 남자, 휴대폰으로 소믈리에 대회 우승 영상을 계속 틀어댔다. 빠바바밤~!! 효과음이 너무 크게 들렸다. 가래 뱉는 소리도 가끔 내서 차 바닥에 뱉는 줄 알고 잠깐 쳐다봤다.

"(소믈리에 대회 경쟁자들) 다 밟아버려야 되는데…." 등 말씀하시는 단어들이 싸가지가 바가지였다. 신경이 곤두선 채로 내부순환로를 달리면서 "너희 그냥 여기서 내릴래?"라고 내뱉고 싶었지만 인내심을 발휘했다.

경쟁에만 내몰려 행동거지 예절 교육은 전혀 받지 못한 불쌍한 인간이구나 싶었다.

운수대통은 무슨, 오늘의 수입은 대리 2건 28,000원에 카풀 1건 8,160원. 버스비도 나가고 기름도 썼다. 결국 3만 원 좀 넘게 번 셈이다.

복귀하다가 중곡1동에서 '강원도 철원군 철원읍 가단리' 가는
걸 10,000원에 올린 콜이 떴다. 눈을 의심했다. 290분 운행에
10,000원을 주겠다고?

이 분에게 전화를 걸어 안 선생 말투로 "당신은 도대체 양심이
있습니꽈~~?!!!"라고 해야 할지, 그런 시스템을 만든 ㅋㅋㅇ 중
견급 직원을 찾아내서 "당신은 대체 무슨 심보로 이렇게 만들었
습니꽈~~?!!!"라고 해야 할지 고민하다 명예훼손 등 법적 문제
가 생길 것 같아서 포기했다.

출발지	도착지	요금
7.2km 중곡1동	강원 철원군 철원읍 가단리 290분	10,000 현금 | 확정

‖ 근거리순   ↻ 새로고침

현실의
누아르

서울 시내에서 시내로 딱 한 건 했다.

명동 롯데껌 백화점에서 은평구 진관동 은평새동네 아파트 가
는 외제 차에는 중년부부가 타고 있었다.

백화점 주차장 요금 계산대에서 차주가 계산원에게 보여주라고
건넨 영수증엔 25만 원 정도의 물건 이름이 찍혀 있었다. 차주
는 무슨 음식 장사를 하는 것 같았다. '부릉'이라는 배달 서비스
앱과 계약해서 판매하는 건도 많아 보였다. 아들이 같이 일을 하
는지 통화로 이것저것 상의했다. 매출액이 상당했는데 초창기엔
고생도 많이 했던 것 같다. 그는 무척 부지런한 삶을 살고 있다.

"요즘은 인건비 못 줄이면 헛돈 번 거다, 헛돈. 최OO부터 짤라
야겠다."

진한 경상도 사투리로 말하는 이 사나이의 주 관심사는 세금 줄이는 방법이었다. 별 도움이 되지 않는 여동생네와는 연을 끊고 싶어 했다.

아파트 언덕배기에서 운행을 마치고 버스를 탔다. 종로까지 오면서 한 콜도 잡지 못하고 내렸다. 을지로까지는 뚜벅뚜벅 걸었다. 재개발로 이미 몇 채 철거되고 있는 빈 상가 블록엔 사람 한 명 없었고, 고양이 한 마리가 지나가다 살짝 열린 셔터 밑으로 들어갔다.

SF영화 같은 풍경들을 휴대폰으로 몇 방 찍었다. 기분이 좋아지는 사진들은 아니지만 현실의 누아르다.

롯데껌 백화점 앞에서 콜을 잡기 전, 을지로 지하상가 길로 시청까지 걸었다. 지하상가는 용처럼 길게 이어져 시립미술관 가는 출구에서 끝났다.

인적이 드문 곳엔 밤을 기다리는 노숙자들이 힘없이 앉아 있었다. 좀 이따 박스나 이불 속에서 꿈을 꾸며, 그들은 가족도 만나고 신나게 돈도 벌다가 새벽 출근하는 사람들의 발걸음 진동에 깨어날 것이다. 이미 그들의 신상은 거의 대포폰 등에 도용되어 정상적인 사회복귀는 불가능하다. 아무도 그 이름을 기억하지 않을 것이다.

지하상가엔 클래식과 팝송이 흘러나오는 음반 매장도 문화재처럼 생존해 있었다. 이제는 거의 찾지 않는 CD를 판다. 전에 시청역 지하상가에 있던 가게가 옮긴 걸까? 규모는 작아졌지만 음악은 변함없었다. 예술은 그대로인데 세상은 자꾸 변해간다. 좋게 변할 때도 있고 안 좋게 변할 때도 있다. 부자들과 그 자식들은 점점 배려가 없어지고 각박한 빈자들도 점점 더 매너를 잃어간다. 인간성 상실의 시대.

• 어쩔 수 없이 걸음이 멈춰지는 곳, 우리의 짠했던 소박한 시절이 보인다.

　　•　탱크도 만들 수 있다던 장인들은 밀리고 밀리고 밀려서 이제 또 어디로 갈까.

깡그리 밀어내고 아파트가 들어서면 을지로의 풍경은 없어지겠지. 모든 차가 하이패스를 이용하면 통행료 받는 아주머니들은 직업을 잃겠지. 무인 자동차가 상용화되면 대리 운전이라는 직업은 사라지겠지.

사라지는 걸 기록하는 다큐멘터리만큼 부질없는 짓은 없지.

· 남아 있지만 곧 사라질 것들.

매너는
기본 사양

이발소에 갔다. 미장원에서는 머리를 감겨줄 때 뒤로 눕게 하는데 이발소 주인은 손님 몸을 폴더 폰처럼 접으며 앞으로 숙이게 한다. 미장원 주인의 손길은 섬세하고 부드러웠지만 이발소 사장님은 머리칼을 쥐어 뽑듯 박박 씻겨준다. 시원하다.

다시 일으켜 세운 후 닦으라고 수건을 얼굴에 덮는다. 다행히 주전자로 고춧가루 물을 뿌리진 않으셨다. 다 끝났나 싶었는데 자동차 시트를 뒤로 젖히듯 의자 등받이를 170도 가량 펴더니 면도를 해주신다.

"아저씨, 면도는 제가 하면 됩니다." 면도 요금이 추가될까, 정색을 하며 거절하려다가 그냥 받았다. 얼굴 전체에 크림이 발리고 날카로운 면도칼이 슥슥 지나다녔다. 칼에 베일까 봐 거의 송장

이 되어야 했다.

요금은 만 원이었다. 면도까지 받고 만 원이면 괜찮은데? 일회
용 커피를 한 잔 타먹으며 현찰박치기로 지하경제를 활성화시
켰다.

말끔한 차림으로 대리하러 나갔다. 오늘은 을지로 지하 용 터널
이 동쪽으로 어디까지 뚫렸나 보려고 동대문 방향으로 계속 걷
다가 첫 콜을 잡았다.

광희동에서 전농동 네미안 아파트로 가는 차였다.

버스와 지하철로 돌아오다가 을지로에서 또 잡았다.

지하철 출구를 잘못 빠져나와서 1km 정도 거리를 보폭을 최대로 해서 전속력으로 달렸다. 홍은동 극지 아파트로 가는 지프차였다. 홍은동 그 언덕배기 끝에 그런 아파트가 있는 줄 처음 알았다.

연희동에서 태운 세 명의 취객, 오늘의 진상이었다.

고성에 조명으로 운전 방해, 깔깔깔 영상통화…. 팀장이라는 여성 한 명이 생일이었는지 기분이 업 돼서 상당히 까불었다. 상사로 보이는 두 명의 중년 남자들도 덜하진 않았다.

"임팀(장) 집이 저기 아니야?"라고 가리킬 때 차주의 손가락이 거의 내 입 1cm 앞으로 와서 확 물어버리고 싶었다.

출발 전 "돈 더 드릴 테니까 두 사람 집 경유해서 갑시다."라는 그의 말이 기분 좋진 않았지만 '그래 얼마 더 주나 보겠어.' 생각하며 온갖 소음과 방해를 참았다. 무슨 회사인지 마카오, 홍콩…. 해외출장이 많았다. '너네 원정 도박단 아니~?'

사장이라는 남자는 한강에 초 근접한 반포의 아파트에서 내렸다. 팀장도 양재 근처에 살았다. 차주는 서초동 미텔란 아파트가 집이었다.

"다들 넉넉하게 사시나 본데 매너도 좀 장착하라."고 염불을 외웠다. 추가 요금은 현찰 만 원 받았다. 이발비 벌었네.

3호선이 끊겼나 싶었는데 운 좋게 서초동에서 정릉으로 가는 콜을 잡았다. 정릉에서 을지로까지 걸어가야 하나 싶었는데 친구에게서 전화가 왔다. 일산 갔다가 을지로로 복귀한다고.

"나, 정릉 가는 거 잡았어. 주소 보낼 테니까 구출해줘~."

정릉 행으로 19,200원 포인트를 벌어서, 친구에게 아까 그 서초동 양반이 준 현찰 만 원을 줬다. 친구에게 팁 주는 기분이었다.

지구촌에는
착한 사람들이 더 많다

낮 대리를 처음 해봤다. 젊은 목소리의 여성분이 1시까지 Y대학
병원 암 병동 지하 3층 5번으로 와달라고 부탁했다. 시간에 맞
춰 갔더니 목소리만 젊은 50대 정도의 통통한 체구를 가진 여성
이었다. 머리엔 검은 두건을 했는데 "암 치료 중이신가 봐요?"라
고 묻진 않았다. 딸과 통화하면서 "지금 대리 아저씨 불러서 가
고 있어."라고 하는데 그 말이 참 고마웠다.

대부분의 차주들은 내가 듣고 있는데도 가족과 통화하면서 "어,
지금 대리 불러서 가고 있어." 그런다. 그럴 때마다 "내 이름이
대리냐? 이 자식아!" 쏴 붙이고 도로 중간에 차를 둔 채 내빼고
싶었다.

인천 연수구 청학동까지 오면서 별 말은 나누지 않았지만 백미

러로 잠깐잠깐 눈빛이 마주쳤는데 참 선해 보였다. 큰 병을 앓으면서 남은 인생에 대해 많은 생각을 해서 그럴까? 무슨 암인지 모르겠지만 쾌차하길 바라며 운행을 마쳤다.

현금 39,000원이 찍혔는데 만 원짜리 4장을 주신다. 천 원 팁이 만 원처럼 느껴졌다.

어린 딸이 주차장에 나왔는데 너무 귀엽고 예뻐서 천 원을 주고 싶었다.

지하철을 타고 서울로 복귀하면서 책을 읽는다. 1호선엔 노인들이 많다.

어제 분당선으로 수서에 갔다가 3호선을 탔는데 맞은편에 한 노인이 앉아 있고, 30대 남성 취객이 그 옆에 앉았다. 취한 남성은 머리를 아래로 처박고 졸면서 여전히 술자리에 있는 걸로 착각했나 보다. 갑자기 노인의 허벅지를 손바닥으로 내리치는 것이었다. 노인이 악질이었다면 (좀 과장해서) '전치 3주' 진단받고 누워 자빠질 강도였다. 노인이 깜짝 놀라며 "뭐 하는 거냐!"라고 짜증을 내자 그제야 남성이 정신을 차리고 죄송하다며 굽신굽신 사과했다.

어제 마지막 콜이었던 이대 앞 아파트로 운행한 후, 이대역에서 을지로로 복귀하면서였다.

중국인 유학생으로 보이는 두 소녀가 중국말로 신나게 떠들다 나와 눈이 마주치니 자기들이 떠들어서 쳐다보는 줄 알고 미안 해했다. "괜찮아, 얘들아. 맘껏 떠들어라."라고 말하고 싶었지만 내가 아는 중국어는 "쒜쒜, 니 얼 싼…." 몇 단어 되지 않았다.

소녀들 옆에 한 여성이 고주망태가 돼서 휴대폰이 딱! 떨어졌다. 취한 여성의 가방과 베스킹라빈스 아이스크림 봉지는 그전에 이미 떨어져 있었다. 두 소녀가 다가가서 휴대폰을 쥐어주고 가 방을 들어서 목걸이 화환을 걸어주듯 취한 여성의 목에 걸어주 었다. 아이스크림 봉지도 가방에 골인시켰다. 시진핑 주석은 이 착한 두 소녀를 반드시 찾아내어 한중 우호증진 상을 공산당의 이름으로 하사하길 바란다.

지구촌에는 착한 사람들이 나쁜 놈들보다 훨~씬 많다.

새벽길에서

- 새벽, 정릉에 도착해서 내려오다가.
  어둠과 빛이 장식해준 마을의 고단함.

다시
시작할 일

어제는 대목이었지만 대리를 뛰지 않았다. 대신 동네 훌륭한 음식점에도 가고 2차로 맥주집에 가서 4명이 고주망태가 되도록 마셨다. 친구도 어제 대리는 뛰지 않고 전에 일했던 고깃집 사장님을 만나서 한잔했다고 한다.

친구와 만나 베트남 여행 전 준비사항에 대해 상의했다. 숙소는 내가 예약했으니 반 나눠서 입금받기로 하고, 가서 쓸 경비는 친구가 달러로 바꿔가서 쓴 다음 나중에 2분지 1 해서 귀국 후 친구 계좌로 쏴주기로 했다.

친구는 전에 다낭에도 가본 적이 있어서 유용한 정보를 많이 알고 있었다. 'Grab'이라는 베트남 카풀 앱도 깔았다. 어느 대통령의 전 대변인 윤씨의 그 '그랩'인가?

친구는 2002년 월드컵 때 K대 앞에서 고깃집을 열었다. 김대중 대통령이 노벨평화상을 받으실 무렵, 친구와 같이 수유리 영감님 가게 맞은편에 있던 'RO스2000'에 가서 고기를 먹은 적이 있다. 그 후 그 고깃집의 체인점을 연 것이다. 나중에 맘 맞는 형들과 다른 상호로 체인 사업도 하고 제법 돈을 벌었다. 그런데 한 5년 전, 세계에서 몇 명밖에 걸리지 않는다는 불치병에 걸렸다. 면역체계가 파괴되어 실명부터 진행되고 결국 사망에 이르는 큰 병이었다.

친구한테 뭔 일이 일어나는 게 아닌가 싶어 그때 자주 만나면서 "한의원에 한 번 가보라."고 권했다. 친구는 그때까지 양 의원만 다녔지 한의원에 갈 생각은 전혀 해보지 않았다고 했다. 용케도 영등포 쪽에서 그 불치병을 고쳤다는 한의원을 찾아냈다. 몽둥이처럼 큰 장침을 맞고 약을 장기복용하면서 친구는 건강을 회복했다.

어제 친구와 만난 고깃집 사장은 모든 주도권을 사모에게 뺏겨서 좀비처럼 기운이 없어 보였다고 했다. 식당 종업원 아줌마들도 "나도 여자지만 우리 사장님 참 불쌍해."라고 동정했다고 한다. 화근은 사장이 동창 모임 앱인 네이젓 밴드에서 만난 여자 동창이랑 바람을 피웠는데, 이게 들통나서 그 후 사모가 모든 권력을 쥐게 되었다는 사연이었다.

푸하하 웃다가 '나도 뭐 가내 권력은커녕 아무것도 없는 좀비 신세는 마찬가지 아닌가.'라는 생각이 들어서 급 우울했다.

친구는 3월쯤부터 작은 가게를 다시 하겠다고 작심했다. 가게 자리를 본다고 신설동까지 태워달라고 해서 내려준 다음 집으로 돌아오면서 생각에 잠겼다. 음악도 끄고 운전에 집중하다 보면 복잡했던 생각이 많이 정리된다.

나도 3월부터 뭘 제대로 해야 하는데…. 이대로 대리기사만 하다간 거지 신세 될 게 뻔하고, 책 쓴다고 계약서 교환할 때 받는 선인세는 순식간에 사라질 테고.

북악 터널을 지날 때 마음이 섰다. 책 작업과 병행해서 다시 영화를 하자. 금년 가을 10월 7일을 첫 촬영으로 해서 준비해보기로 하자. e나라도움의 도움은 정말 받고 싶지 않지만 지금 반찬 투정할 때인가?

각종 제작지원에 서류도 내고 피칭에 나가서 돈 달라고 애원해 봐야겠다. 이래 봬도 2016년 전주영화제 피칭 다큐 부문 1등으로 천만 원 받았던 사람이다. 애인(애증관계의 인간)은 그때 극영화 부문 1등 먹어서 한때 부부 사기단이라고 불렸다.

2010년 전주 피칭 땐 1등 상금이 8천만 원이었는데 그때 난 2등을 해서 500만 원 받았다. 시상식 때 웃으면서 고맙다고 인사했지만 기분은 매우 꽝이었다. 내 피칭이 제일 좋았다고 자타가 공인했는데 결과는 피칭 실력 순이 아니었다.

상업적인 흥행까지 고려하기에는 내가 피칭한 작품의 소재가 너무 암울했다. 1998년 판문점 김훈 중위 의문사 사건을 〈진실의 문〉에 이어 재조명하겠다고 했었다.

새로 하려는 작품도 의문의 죽음에 관한 이야기다. 이번엔 스케일도 크고 흥미로운 거리들이 많다. 제목은 '기관원', 부제는 '김형욱 실종을 둘러싼 라쇼몽'이다. 출판사가 책 제목을 바꾸자고할 수도 있지만 영화 제목은 그냥 '기관원'으로 하고 싶다. 미스터리 장르다.

〈진실의 문〉, 〈무죄〉, 〈이중섭의 눈〉의 음악을 맡았던 의규 씨에게 이번에도 끝내주는 음악을 만들어달라고 미리 말해놔야겠다. 미국에 가서 살고 있는데 연락이 되지 않고 있다.

의규 씨의 조속한 귀국을 요망함. 귀국 즉시 청와대 근처에서 삐삐치기 바람.

이번 달, 베트남으로 여행가면 거기서 타이거 맥주를 마시면서 책 작업과 기획안 작업에 몰두해야겠다.

"놀러 와서 무슨 일이냐?"며 친구가 굉장히 싫어하겠지만 어쩔 수 없다. 한국에 있으면 대리 뛴다, 집안일 한다…. 작업에 집중할 수가 없다. 750원짜리 타이거 맥주가 기대된다.

여행 경비를 마련하기 위해 오늘도 슬슬 나가봐야겠다. 설 연휴 대목이 시작되었다.

같이 잘살기 위해
싸운다

설 연휴 대목은 뭔 대목, 젠장. 한 건도 잡지 못하고 돌아왔다. 다들 차 끌고 시골로 내려갔거나 해외여행들 가셨나 보다. 나도 꼭 갈 거다, 베트남!

목이 말라서 을지로 지하상가 편의점 '일곱열하나'에서 따뜻한 꿀차 음료 하나를 집었다. 직원으로 보이는 아주머니가 물건 정리를 하다가 카운터로 돌아와서 바코드 기를 들었다. ㅋㅋㅇ 대리 기사들에겐 이 가맹점 이용 시 10% 할인받을 수 있는 바코드가 앱상에 있어서 내밀어 보려다 귀찮아할까 싶어 카드만 냈다.

빈 병을 들고 차 있는 곳으로 가다가 내비게이션 앱을 켜고 '을

지로 15길 36(입정동 23)'을 쳤다. '청계천 을지로 보존 연대'가
SNS에 올린 한 장의 사진 때문이다.

'청계천에서 가장 오래된 공장 중 하나인 광성레이저가 이사도
가지 않았는데 건물을 부쉈다'는 내용이었다. 3대째 운영하는
이 공장을 부순 놈들은 한집건설이라는 싸가지 없는 것들이라
고 한다.

서울시는 '사람이 아직 이주하지 않은 건물을 철거할 경우, 사업
시행인가를 취소한다.'는 내용의 조례를 만들었다고 한다. 그러
나 법 위에 돈이 있는가 보다. 현장에 가 보니 이곳저곳이 이미
철거된 상태였다.

살아 있는 생명이라곤 절룩거리는 고양이 한 마리만 보이는 골
목 풍경이 참담했다.

들고 있던 꿀차 빈병을 철거 현장 가림막 위로 던져버리는 순간,
저쪽 한편에서 철거 현장들을 찰칵찰칵 찍고 있는 사람을 발견
했다. 무안해진 나는 그냥 대리 콜이 뜨지 않나, 휴대폰을 보면
서 청계천 쪽으로 걸어갔다. 카메라에 찍힐까 봐 그 사람 뒤로
지나가는데 앗! 여성이었다. 키는 나보다 좀 더 컸고 약간 남성
미 흐르는 여자였다.

이때 저쪽에서 캡 모자에 검정 마스크를 쓰고 고성능 플래시를

든 한 남성이 걸어왔다. 캡 모자는 보이쉬한 여성에게 다가왔고, 나는 그때 청계천 쪽으로 빠져나가다가 약 5m 거리에 있는 두 사람의 대화 소릴 들었다.

"이거 왜 찍는 거예요? 찍어서 또 올릴라고? 찍지 말아요."

그 소리에 짜증이 확 치밀어서 내가 소리쳤다. "사진 찍으면 왜 안 돼요? (네가 여기 땅 주인이야, 뭐야?)"

캡 모자가 자기는 회사에서 시키는 대로 할 뿐이라며, 계속 여성에게 사진 찍지 말라고 요구했다. 여성은 나름대로 논리적으로 방어하면서 사진 찍기를 강행했다. 그러자 캡 모자가 플래시를 빙빙 돌려가면서 여성에게 빛을 쏘아서 촬영을 방해했다.

그 야비한 모습을 보다가 너무 웃겨서 "꼴값 떨고 있네."라고 큰 소리로 말했다.

"뭐? 꼴값? 너 지금 나한테 말한 거냐?"라고 해서 "그래, 너한테 말한 거다. 인마."라고 약 올리며 쏜살같이 뛰었다.

끝까지 함께 싸워주지 못하고 내빼서 여성에게 미안했지만 나보다 싸움을 잘하실 거 같아서 걱정되진 않았다.

새해,
내 소망은 매너 사회

수유리 영감님 댁에 가서 전도 부치고 떡도 사 오고 장모님께 가져갈 꽃도 사고…. 바쁜 하루를 마친 후 집으로 돌아왔다.

저녁에 동네에서 ㅋㅋㅇ 앱으로 첫 콜을 잡았는데 차주의 위치와 내가 찾아간 출발지가 약간 달라서 헤맸다. 출발이 늦어서 짜증이 났는지 옆에 앉은 차주 아저씨와 뒤에 앉은 아주머니는 운행 내내 아무 말이 없었다. 가양대교를 건너자마자 도착지인 우실 아파트 입구에 도착하니 주차는 자기가 하겠다고 해서 고맙다고 인사하며 핸들을 넘겼다.

얼마 전 설치한 A이드라이브 대리 운전 앱으로는 아직 한 건도 못한 채 수수료만 매일 몇백 원씩 까이고 있었는데 오늘 그 앱으로 첫 콜을 잡았다. 목동 H재벌 아파트에서 안산 본오동 빌라 촌으로 가는 차였다.

아파트 주차장에 나와 기다리고 있는 차주와 한 여성은 젊은 조선족 부부였다. 차는 경차였고, 중국어와 한국어를 섞어서 썼다. 나는 한국어 하나도 제대로 못 하는데 이 사람들은 2개 국어를 숭늉 마시듯 잘하네.

아내는 한국말로 "그래도 따뜻하다, 자기한테 기대니까."라고 다정다감하게 말했고, 남편은 무뚝뚝하게 휴대폰으로 격투기 게임을 하면서 가끔 한국 욕도 했다. 그래도 아내를 무척 사랑하고 아끼는 듯했다. 타국에서 서로 의지하면서 돈 버는 부부의 모습이 보기 좋았다.

25,000원 현금을 받았다. 이런 착한 부부한테는 디스카운트라도 팍팍 해주고 싶었지만, A이드라이브 앱은 수수료 5,000원에 콜당 보험료 등을 따로 떼가니 내 코가 석자였다.

안산 상록수역으로 걸어오면서 또 콜 하나를 잡고 도착지로 뛰어갔다. 그 동네 전깃줄엔 무슨 까마귀가 그리 많은지 배설물 봉변이라도 당할까 조마조마하며 출발지에 도착해서 전화를 했다. 젊은 남성 차주였다. 그런데 곧 나오겠다는 이 사람, 10분이 넘도록 나오질 않았다. 다시 전화했더니 "아까 나와 보니까 안 보여서 다시 들어와 있다."라고 뻔뻔스럽게 말했다.

너무 열 받아서 "이거 그냥 취소하겠습니다. 다른 기사 부르세요."라고 말하니 전화를 끊으면서 '씨'로 시작되는 한국의 대표적 2음절 욕을 뱉는다.

괜히 싸우고 싶지 않아서 센터에 전화해서 취소 요청을 하고 상록수 역으로 향하는데 전화가 왔다. 그 작자였다.

"너 아까 전화 끊으면서 나한테 욕하지 않았어?" 하고 확 끊으니 또 전화가 왔다.

"고객한테 이렇게 하라고 교육받았냐?"라고 해서 "그래, 너 같은 진상은 상대하지 말라고 교육받았다."라고 말해주고 끊었다.

민족의 명절이다. 나는 민족해방을 위해 울부짖는 NL(민족해방계열)도 아니고 프롤레타리아 계급투쟁을 외치는 PD(민중민주계열)도 아니다. 내가 여태 대리기사로 만났던 100여 명(12월 37건, 1월 65건, 2월 2건) 차주들의 가정에 행복이 깃들기를 빌면서, 사람들이 타인에게 함부로 대하지 않는 매너 사회가 되길 바라며, 평소보다 일찍 귀가했다.

연휴의
마지막 날

오늘 첫 번째 콜은 연예인들이 타는 밴이었는데 구기동 산골짜기 음식점이 출발지였다. 등산하는 기분으로 도착해서 승차까지 15분을 기다리고 부암동까지 딱 9분 운행했다.

그 9분은 지옥이었다. 한 가족 예닐곱 명이 탔는데 초등학생 아이들은 정신없이 노래를 부르며 떠들었다. 한 술 더 뜨는 건 옆에 앉은 차주 아저씨였다.

아들에게 "이거 아빠가 제일 좋아하는 노래야." 하면서 팝송이 나오는 방송의 볼륨을 최대로 높였다. 아이들이 그렇게 떠드는 이유를 알 것 같았다. 주차 후 인사는 생략했다.

차를 둔 구기동 이북오도청으로 버스를 타고 돌아왔다. 이북오도청은 "북한의 황해도, 함경남북도, 평안남북도는 우리 땅"이라며, 21세기인 지금도 1950년대 어느 대통령의 '북진통일론'을 주장하는 관청이다.

역시 구기동에서 잡힌 두 번째 콜은 내가 실수로 출발지와 도착지인 불광동을 헷갈려서 손님을 20분이나 기다리게 했다. "정말 죄송합니다." 사과드리니 쿨하게 이해해주셨다.
"사장님도 요 근처 사시나 봐요?"라고 말도 걸어주셨다. 참 미안하면서 고마웠다. 덕분에 불광동 '명동칼국수'라는 맛집도 알게 됐다.

　•　맛집은 '맛집'이다.

어제도 2건, 오늘도 2건밖에 하지 못했지만 비도 추적추적 올 것 같아 막걸리 한 병 지참하고 귀가했다.

2는 나에게 친숙한 숫자다.

고등학교 때 한 번은 (문법 시험이었나?) 전교에서 2등을 했는데 반에서도 2등을 했다. 전교 1등이 우리 반에 있었다. 그 친구는 S 대 진학에 실패하고 K대 치대에 갔다.

이문동에 있는 외대 다닐 때 학교 대동제에서 5km 단축 마라톤을 했는데 경희대, 시조사 길을 돌아오는 코스였다. 육사생활 1년 반 동안 구리 갈매리 코스를 톡하면 뛰었던 터라 5km는 식은 죽 마시기였다. 결승 근처까지 1등으로 달리다가 갑자기 스퍼트 해오는 녀석에게 선두를 빼앗겨 결국 2등으로 골인했다. 알고 보니 특전사 출신 예비역이었다.

2010년 전주영화제 다큐 피칭도 2등. 친구 회사에서 관공서 영상물 입찰에 참가한다고 해서 내가 피칭했을 때도 2등. 입찰 때 2등은 그냥 들러리일 뿐이었다. 친구는 1등 먹은 회사가 내정자가 아닌가 의심했다.

'영원한 2인자'로 불렸던 JP는 나에게 매력적인 인간이었다. 비상한 머리에 외모도 출중하고 아코디언도 켜고 그림도 잘 그리는 이 노인네는 5·16 쿠데타, 한일협정 당시 오히라와의 쪽지 밀약, 민자당 합당, DJP연합 등 늘 한국 현대사의 한가운데 있었다. 완전 다큐멘터리적 인간이었다. 그의 생전에 인터뷰를 하지 못한 것이 참 아쉽다. 그러나 그가 창설한 KCIA(한국 중앙정보부)는 불법자금, 부정선거, 간첩 조작 등 온갖 나쁜 짓을 저질렀고 전씨 시대에는 안전기획부라고 개칭하여 또 온갖 극악무도의 짓거리들을 저질렀다.

김현희의 KAL기 폭파 사건, 부산 형제복지원 사건, 진도 박동운 일가 간첩단 조작 등이 전씨 시절의 얘기다.

모두의
안녕을 바라며

감기다 술자리다 요 며칠 대리를 뛰지 못했다. 오늘은 목욕재계
하며 두 발의 굳은살도 제거하고 신성한 마음으로 첫 콜을 기다
렸다. 평창동은 역시 나의 꿀밭.

분당 백현동 e나라도움 아니 e편한나라 아파트로 가는 고급 외
제 차였다.

라디오에서는 극동방송이 나오고 있었다. "베푸는 삶이 최고요,
하느님의 말씀…."이라고 한 종교인이 떠들었다. 차주에게 "제가
잘 몰라서 그러는데요. 극동방송이랑 CBS 기독교방송은 둘 다
하느님을 찾으면서 왜 그리 입장이 다른가요?" 물으려 하는 순
간, 차주님은 자신이 즐겨 듣는 클래식 음악으로 휙 바꿔버렸다.

164

정치적으로 민감한 그 질문은 목구멍 깊숙이 넣어버리고 함께 클래식을 향유하며 청담대교를 건넜다.

고속도로에 진입하는 순간 차주님께서 약간 절박한 목소리로 "저기 가다가 한적한 곳에 좀 세워 달라."라고 요구했다. "술 한 잔 하면서, 그냥 내가 운전하려고 물을 많이 마셨더니 소변이 마렵다."는 음주운전 미수범의 변명이었다. 확 신고해버릴까 하다가 그의 인생과 처자식이 불쌍해서 봐줬다.

갓길이 위험해서 계속 달리기만 하다가 판교 IC로 들어가는 지하도로 옆이 괜찮을 것 같았다. "저기서 잠깐 올라갈까요?" 말하니 쾌재를 부르듯 "네!" 하면서 나의 배려와 센스에 고마워했다.

어둡고 후미진 곳의 덤프트럭 앞에서 볼일을 보고 들어오더니 이 오줌싸개 차주님이 실실 웃으면서 내 오른팔을 툭 친다.

"나이가 들면요, 오줌 참기가 힘들어. 내 아는 사장님은 연세가 73세인데 여의도로 출퇴근하면서 혹시 몰라 페트병을 차에 두고 다녀."라고 은근슬쩍 반말을 섞었다.

그래도 간만의 장거리 콜이라 27,200원의 포인트를 확인하며 마을버스와 왕십리 가는 노란색 수원선을 타고 서울로 복귀했다.

마을버스에서도 지하철에서도 나 같은 대리 운전기사들을 여럿 보게 된다. 나이 든 사람도 있고 내 또래도 많다. 이제 딱 보면 알겠다.

대리기사 수백 명이 모인 단체 ㅋ톡 방에서는 '신용불량 벗어나는 법, 진상 손님 대응법, 사고 났을 때 보험처리 방법' 등에 대한 팁을 주고받는다. 때론 별 것도 아닌 것으로 격론이 벌어지고 불필요한 감정싸움도 발생한다. 나는 주로 눈 채팅만 하다가 가끔 말도 안 되는 장거리 싸구려 콜이 올라오면 "이런 인간도 있네요." 하고 제보하기만 했다.

부업으로 잠깐잠깐 하는 사람도 있고, 전업으로 하루 십만 원 넘게 버는 사람도 있고, 나처럼 부업도 전업도 아닌 애매한 처지의 바보들도 많은 것 같다.

다들 추운 날씨에 감기 걸리지 않길 바란다. 병원비에 약값이라도 나가면 정말 대책이 없다.

그럼에도 불구하고
이어지는 삶의 현장

정릉 가는 첫 콜을 잡았다.

전에 갔던 동네 옆인데 죄다 아파트가 들어섰다.

아파트 촌에 알박기한 집 담벼락이 참 아름다웠다.

• 담쟁이덩굴은 이웃 아파트 벽까지 이어질 수 있을까?

오늘은 좀 벌 줄 알았는데 세 콜로 끝났다. 수입은 48,800원.

부천으로 빠져나올 때 택시비로 10,060원을 썼다. 기사님은 설 연휴가 지나고 손님이 너무 없다고 울상이었지만 친절하셨다.

부천에서 영등포로, 영등포에서 심야버스 N16번을 타고 퇴계로에 도착했다.

새벽 2시 반, 친구를 기다리며 또 을지로 폐허를 찍었다.

늙은 고양이가 먹이를 찾고 있었다. 애야, 번지수 잘못짚었다. 이제 여기엔 쥐새끼 한 마리 없다.

· 생존은 숭고하다

나의
본업은

평소보다 일찍 나갔지만 계속 콜이 잡히지 않았다. 을지로에서
구 서울시청 도서관까지 걸어가서 1층 예술, 영화 칸으로 갔다.
돈 줘도 읽고 싶지 않은 제목의 책들만 즐비했다.
9시가 되도록 콜이 잡히지 않아서 '에구, 오늘도 글렀구나. 집에
가서 막걸리나 마셔야지.' 하고 차 시동을 거는 순간 필동에 있
는 돼지고깃집에서 콜이 왔다.

자영업을 한다는 젊은 차주는 뒷자리에 앉은 부인이 "사탕 하나
만…." 하니까 "사탕 하나 드실래요?" 하면서 나한테도 권했다.
그렇게 세 사람이 木캔디를 녹이면서 녹번역 지나 일산으로 들
어갔다.

"요즘 경기가 어떠세요?" 하기에 "대리 뛰는 사람이 너무 많아서요."라고 답하니, "투 잡 뛰시는 거죠?"라고 또 물어서 "아, 네…. 그런 셈이죠."라고 응답했다.

그 후 '도대체 나의 본업은 무엇인가?'라는 치명적 자문이 나의 뇌를 계속 괴롭혔다.

다큐멘터리 감독? 절찬리에 배급되고 있는 세 작품(이중섭의 눈, 진실의 문, 무죄)의 저작권료로 그동안 한 달에 2만 얼마, 3만 얼마씩 들어왔다. 그러다 작년 12월엔 8만 몇천 원의 거금이 들어왔고, 지난달에도 48,000원이나 들어와서 술값으로 잘 썼다.

책 쓰는 저자? 2014년에 출간되어 벌써 4쇄까지 찍은 『세상을 바라보는 나만의 눈…』(책 제목은 절대 길게 지으면 안 된다)으로 4년 동안 450만 원 정도 인세를 받았으니 대박은 아니더라도 중박인데, 그 돈 다 어디 갔나?

그래! 나의 현재 본업은 집안일이다. 설거지 뽀득뽀득하게 하고, 김태오 회장님 산책으로 건강 유지시키고, 고양이들 똥 잘 치우고 등등 할 일이 너무 많다. 자부심을 갖자.

일산에서 버스를 타려고 기다리다가 남양주 진접으로 가는 장거리 콜을 하나 낚았다.

또 젊은 부부였다. 두 사람은 스포츠 용품을 파는 회사 본점에서 일하는 것 같았는데 수입이 좋은지 4억 넘는 남양주 집을 두고 일산에도 한 채 더 매입할 모양이었다.

1가구 2주택이 되나? 위장이혼이라도 했나? 사장 뒷담화도 적당히 하면서 앞으로 독립해서 사무실을 따로 차릴 계획이었다. 이 배신자들.

강변역까지 버스 타고 나와서 다시 을지로로 복귀했다. 반대 방향의 잠실 쪽으로 갔으면 더 벌 수 있었겠지만 결국 두 콜만 하고 말았다. 그래도 4만 원 넘게 벌어 나의 최애 백세주 한 병을 사들고 왔다. 백 년도 못 살 텐데 하루하루 행복하게 살면 그만이다.

4차
산업시대에

3D 프린터가 세상에 나왔을 때 뉴스에서는 "이제 누구나 자기만의 개성 있는 컵을 집에서 만들어 쓸 수 있다."라고 호들갑을 떨었다. 나는 그냥 '다있수' 잡화점에서 파는, 공장에서 만든 저렴하고 이쁜 컵이나 사서 쓸란다. 개성 있는 걸 갖고 싶으면 공방에 가서 좀 비싼 걸 사면 된다.

4차 산업이라는 명분으로 우리가 내는 세금(편의점에서 음료수 하나 사도 세금은 나간다)이 막대하게 지원된다. 4차 산업이 세상을 어떻게 바꾸든 간에 거둬진 세금으로 이미 있는 1차, 2차, 3차 산업에서 허덕이거나 떨어져 나간 사람들이 자립하도록 도와주기나 했으면 좋겠다. 기차역이나 시내 지하상가에만 가더라도

- 을지로 지하상가의 워싱톤 신발가게. '그동안 이용해주셔서 감사합니다.'
  이곳을 통해 이어진 발걸음들에 축복을.

상자 같은 걸 주워다가 잠자리를 준비하는, 어쩌면 죽음만을 기
다리는 노숙자들이 쌔고 쌨다.

정말 인생은
모를 일이다

평창동 '철벽'이라는 포차에서 애인(애증관계)과 막걸리 세 병을
마셨다. 애인께서 20대 말, 30대 초 시절에 자주 다니셨던 가게
라고 했다. 가보니 전에 구리 갈매리 아파트로 가는 대리 손님을
태우러 갔던 곳이었다. 그때 손님과 동행자가 이 가게에 대해 칭
찬이 자자해서 꼭 가보고 싶었던 곳이었다.

나는 음식만 먹고 술은 먹지 않겠다고 천명하며 차를 몰고 갔는
데 도저히 참을 수 없었다. 막걸리와 그 집 대표 안주와 라면과
번데기탕까지 맛들어지게 먹은 후 대리를 이용하기로 했다.

예전에 받아놨지만 한 번도 이용하지 않았던 ㅋㅋㅇ대리 앱을
써봤다. 제주에서 살 때 대리 운전 회사에 전화 걸어서 봉성리

집에 간 적이 있지만 서울에서는 생애 처음이다.

호출 버튼을 누르자마자 전화가 왔다. "고객님 계시는 곳까지 10분에서 15분 사이에 도착하겠습니다."라고 친절하게 말한다. 젊은 기사님이 택시를 타고 도착했다.

"택시까지 타면 뭐 좀 남아요?" 나도 대리기사 한다고 밝힌 후 몇 가지 물어봤다.

올해 31살인데 방황을 많이 하다 대학에 늦게 가서 경제와 무역을 전공했고, 대리기사 하다가 만난 귀인의 소개로 지금 은행에서 인턴을 하고 있다고 한다.

어머니가 작년 말에 환갑이라 뭐라도 해드리고 싶어서 추석 때부터 대리기사를 했다고 한다. 환갑날 어머니와 친척 분들을 모시고 참치집에 가서 40만 원이나 썼단다. 그 말에 파하하 웃다가 대리 운전으로 매일 6~7만 원은 번다는 말에 팩 주눅이 들었다. 나중에 꼭 다시 만나서 정보 교환이라도 하자고 약속했다.

주차는 내가 하겠다고 했는데 자기가 끝까지 책임지고 해주겠다고 해서 팁으로 현찰 5,000원을 드렸다.

친구와 처음 하는
해외여행

도서관에 책을 반납하러 가다가 낮 대리를 하나 잡았다. 차주는 일산에 있었다. 은평구 신사동에 가서 키 꽂혀 있는 트럭을 강서구 마곡동 농수산유통단지로 이동시켜 달라는 주문이었다.

나중에 알고 보니 보험 적용을 받지 못하는 탁송이었다. 하마터면 큰일 날 뻔했다.

운행을 마치고 가방 하나만 짊어지고 공항으로 향했다. 김포공항 말고 인천공항 제1터미널.

암울했던 시기에는 김모 전 중앙정보부장 같은 부정축재자나 지 맘대로 해외여행을 하며 카지노에서 거액을 날리곤 했다. 그런 시대가 지나, 사회가 개방되고 저가항공이 많아지면서 8~90

년대 젊은이들의 배낭여행도 자유로워졌다. 21세기 들어서는 아파트 시세 차익으로 세계 일주하는 족속들이 많아졌다. 월수입이 고만고만한 청년들도 작은 돈이라도 모아 모아서 '내일 죽더라도 오늘 행복하자.'는 기치 아래 저렴하면서 만족감 높은 해외여행을 한다. 그것으로 답답한 현실에 잠깐이나마 숨구멍을 트고 있는 것이다.

하루 4~5만 원 버는 대리기사인 친구와 나도 그 대열에 동참했다. 어떻게 보면 나는 얼마 전 팔린 제주 농가주택 시세 차익이 좀 있었기에 은행 대출도 갚을 수 있었고, 그 안도감에 과감히 해외 질을 할 수 있었다. 내가 가장 경멸하는 부동산 투기로 해외여행하는 인간이 된 셈이다.

베트남 항공료는 방학 성수기라 그런지 왕복 50만 원이 넘었고 숙소도 4박에 20만 원(친구랑 반타작해서 10만 원씩) 정도 들었다. 그래도 베트남은 물가가 싸서 큰돈 쓸 필요가 없다니 부담이 줄어든다.

친구는 다낭에도 갔다 온 적이 있고, 동양 유일의 사막이 있다는 '무이네'에도 가봤다고 한다. 나는 여태 도대체 뭘 하고 산 건가?

그래도 내 해외여행도 벌써 다섯 번째다.

최초는 배우 이은주 님 돌아가시기 직전인 2005년 중국 북경과 상하이 여행이었고, 두 번째는 박동운 선생님 부부와의 천진(칭다오 맥주의 고장이자 2인자 주은래 기념관 있는 곳) 여행이었다. 세 번째는 일본 교토로의 신혼여행이었는데, 갔다가 이혼을 심각하게 고민할 정도로 핵전쟁을 벌이다 돌아왔다. 네 번째는 애인께서 도쿄영화제에 초청받으셔서 쫄래쫄래 따라갔던 작년이었다.

친구와의 여행은 이번이 생애 처음이다. 화장실 갈 때 짐 지켜주는 친구가 있어서 좋다.

친구는 비행기 고도가 높아지니 하지정맥 수술한 다리가 붓는다고 아파했다. 십몇 년 고기 장사하느라 서 있는 시간이 많았고 요즘엔 밤에 대리 뛴다고 돌아다니니 무리가 갔나 보다.

역시 여행은 몸 성한 젊을 때 해야 한다. 문화체육부장관은 성인이 된 전 국민이 1년 중 한 번은 꼭 국내나 해외로 여행을 갈 수 있게, 건강검진을 의무화한 것처럼 제도를 만들어야 한다.

여행은 인간이 할 수 있는 훌륭한 행위 중 하나다. 여행을 할 때 인간은 삶의 쳇바퀴를 멈추고 사색하며 지난날을 뒤돌아보고 남겨진 날들에 고마움을 느낄 수 있다.

베트남의 귀지 파주는 이발소가 아주 기대된다. 고막 바로 앞에 굳어 붙은 귀지를 소제해주는 서비스를 받고 나면 귓구멍이 뻥

뚫리며 보청기를 단 것처럼 잘 들린다고 한다. 호찌민 박물관이
있다면 거기도 가보고 싶다. 미 제국주의를 쳐부순 땅굴에도 가
보고 쌀국수도 질리도록 맛볼 계획이다. 사이공 도착이 얼마 남
지 않았다.

•   베트남의 새벽이 열리고 있다.
    그리고 또 한 번의 삶도 시작된다.

베트남 여행 1일 차
_베트남의 표정

오토바이의 천국, 베트남은 밤과 낮이 너무 달랐다. 어제 새벽 2시 넘어 숙소 앞에 도착했지만 골목은 어둡고 숙소의 철문은 굳게 닫혀 있었다. 들어갈 방법을 찾느라 어벙벙하고 있는데 오토바이 탄 두 녀석이 내 휴대폰을 갈취하려고 시도했다.

내가 뺏길 놈이냐? 뒤에 탄 녀석이 내 손을 살짝 터치하기만 하고 냅다 도망쳤다. 프로페셔널이 아니었는지 폰은 그대로 내 손에 있었지만 "와, 여기 진짜 장난 아니구나." 하는 긴장이 온몸에 흘렀다. 그래도 짜릿하고 재밌었다.

너무 위험할 것 같아 숙소를 취소하고 싶었지만 환불금이 너무 적어서 그냥 묵기로 했다. 주인장은 연신 고맙다며 우리에게 악수까지 청했다.

불과 몇 시간 전만 해도 슬럼 거리 같던 곳이 새벽이 되면서 도 떼기시장처럼 온갖 채소 파는 장소로 변신하는 모습은 진풍경이었다. 부지런한 사람들이 베트남의 고요한 아침을 시끌벅적하게 열고 있었다.

숙소 근처를 돌아보기로 했다. 한국의 청계천 공구상가와 황학동 벼룩시장을 섞어놓은 듯한 거리가 죽 이어졌다. 오토바이 안장을 만드는 청년, 삼삼오오 가게 앞에 앉아 밥을 먹는 종업원들, 물건 개수를 세는 남직원, 계산기를 두드리며 영수증을 정리하는 여성, 엑셀 파일을 보는 남자, 멍 때리는 할아버지, 온라인 장기 두는 아저씨, 시험을 망친 듯 우울한 표정으로 하교하는 학생…. 이국의 사람들 표정과 행동을 보는 즐거움은 관광의 또 하나의 매력이다.

내가 즐겨 찾는 미술관에도 갔다. 베트남에도 이중섭 풍, 박고석 풍, 천경자 풍, 변월룡 풍의 그림이 있었다. 고갱 풍, 피카소 풍의 화가도 있었다. 관광객의 초상화를 그려주며 먹고살 돈을 버는 젊은 예술가도 복도에 앉아 있었다.
그림들도 그림이지만 미술관 건물 자체가 황홀하게 멋들어졌다. 프랑스가 남긴 흔적일 것이다. 그러나 일반 서민들이 사는 건물들도 아기자기하게 예쁘고 문화재 같았다. 서울의 을지로에선 지금 무슨 만행이 저질러지고 있는가? 수십 년 이어져온 보물들을 깨부수고 아파트 상가나 지으려는 악당들의 전성시대다.

• 내가 내 모습은 제대로 그릴 수 있을까?

베트남 여행 1일 차 저녁
_베트남식 사회주의

오토바이, 자동차, 트럭 등이 뒤엉켜 달리는 베트남의 도로를 보고 있으면 혈관 속 적혈구, 백혈구 등이 쉴 틈 없이 빠르게 흐르는 모습 같다. 어떻게 사고가 거의 나지 않으면서 저 무질서가 유지되는지 신기하고 경이롭다.

친구와 나는 택시 대신 '그랩(Grab)'이라는 교통수단을 몇 번 이용해봤다. 정해진 운임대로 받기 때문에 요금 시비가 없고, 입력한 대로 도착하니 안심이 되며, 택시보다 깔끔하고 친절했다. 짐이 있으면 기사님이 나와서 직접 트렁크에 넣어주었다.

한국에서 ㅋㅋㅇ 카풀은 택시업계의 반발로 사업이 전면 중단되었지만 베트남에서 그랩은 확실히 자리를 잡은 듯하다. 베트

184

남에서 오래 살고 있는 친구의 중학교 동창 말을 들으니, 베트남 택시업계도 공유차량 서비스를 반대하는 파업을 했었다고 한다. 하지만 정부 당국은 개입하지 않았고 일반 시민들은 그 파업에 무관심했다고 한다. 정부 당국의 강경한 방침에 택시업계가 꼬리를 내렸다는 것이다.

동창은 "여기가 사회주의라서 그래."라고 간단히 정리해줬다.

4차 산업의 도래는 어쩔 수 없는 대세일 것이다. 하지만 그 여파로 피해 받는 사람들을 위해 대책을 세우는 건 정부의 역할이다. 강경한 방침이든 유연한 타협이든 원칙을 가지고 장기적으로 대책을 세워야 한다. 한국 정부의 대응은 늘 임시방편의 누더기다. 일본의 공무원들은 문제가 생기면 할복은 못하더라도 눈물을 흘리기라도 한다. 모든 직업엔 장인 정신이 필요하다.

그랩 기사님은 작은 부처상을 차의 앞 유리 가운데를 바라보게 놓았다. 부처님이 그의 안전운행을 보장해주는 것 같았다.

- 마음을 모은다는 건 겸손함이다.

베트남 여행 2일 차
_사랑받는 지도자가 있는 사회

도보로 걸어간 호찌민 전쟁 박물관은 호찌민을 우상화하지도 않았고 전쟁의 승리를 기념하지도 않았다. 전쟁의 비극적 참화를 보여주는 사진들이 주였다. 전쟁 사진 갤러리라고 부를 수 있을 만큼 사진들이 많았다. 고엽제 피해를 입은 아이들, 부상당한 미군들, 전쟁이 끝나 서로를 끌어안으며 흐느끼는 어머니와 웃는 아들…. 전시장에 온 관광객들 중 미국인처럼 보이는 백인들이 많았다.

한국 사람들은 이곳에서도 해설한다, 뭐 한다 하면서 목소리가 컸다.

근처에 성당과 우체국도 있었다. 두 곳은 호찌민시 관광의 필수 코스인데 성당은 공사 중이었다. 우체국은 겉과 안이 기차역처럼 생겼고, 내부 맨 안쪽에는 호찌민 초상화가 걸려 있었다. 호찌민 초상화는 거의 모든 곳에 있었다. 집 안에도 가게에도 지폐에도 호찌민의 얼굴이 베트남 사람들의 수호신처럼 존재했다.

사랑받는 지도자가 있다는 것은 한 사회의 축복이다. 자기 도망가면서 다리를 폭파한 대통령, 술상에서 부하에게 총 맞아 죽은 대통령, 시민을 전쟁의 적군 죽이듯 학살한 대통령을 존경하거나 그리워하는 일부 한국인들은 어찌 보면 참 불행하고 불쌍한 인간들이다.

횡단보도에서 신호를 기다리다가 작은 체구의 아주머니 뒷모습을 찍었다. 리어카에 폐 박스들과 폐 캔이 담긴 마대자루를 싣고 있었는데 자루의 크기가 그녀의 10배 이상으로 보였다. 물론 캔이라 가벼웠겠지만 개미가 자기보다 큰 먹이를 물고 이동하는 것 같았다. 저런 힘과 깡다구로 자신보다 수백, 수천 배 강한 울트라 슈퍼파워의 강국 미 제국주의를 몰아냈으리라.

• 누구의 삶도 결코 가볍지 않다고 위로한다.

하지만 이곳 베트남도 이젠 자본주의를 많이 받아들여 빈익빈 부익부가 심해지고 드문드문 걸인도 보인다. 벌거벗은 아이를 데리고 낮에는 구걸하고 밤에는 아무 바닥에나 누워 자는 여성 걸인도 보았다.

베트남 여행 3일 차
_젊은 기운

친구의 지인이 살고 있는 베트남의 고급 아파트촌에 갔다. 한국 음식점에 가서 점심을 먹고 깨끗한 쇼핑몰도 구경했다. 여행자 거리처럼 지저분하고 복잡하지 않았다. 쾌적하고 잘 정돈된 거리. 하지만 그것은 이미 한국의 재개발이 끝난 여러 장소에서 너무나 흔히 볼 수 있는 획일화된 이미지들이었다.

인상적이었던 건 그곳에서 걸레로 바닥을 닦고 있는 베트남 중년 여성의 얼굴이 한국에서처럼 그리 어둡지 않은 것이었다. 출근하는 동료와 안부를 주고받으며 웃었고, 함께 의자에 앉아 도시락을 꺼내 먹기도 했다. 쇼핑몰에서 근무하는 직원들은 대체로 젊었다. 확실히 젊은 나라다.

베트남으로 올 때 비행기 앞줄에 50대로 보이는 한국 남성들이 제일 늦게 탑승해서 주르르 앉았다. 한국 아줌마들의 수다는 저리 가라. 한국 중년 남성들만큼 남의 눈을 의식하지 않고 큰 소리로 떠드는 인간들도 드물다. 호찌민 공항에 도착해서 보니 골프 가방을 찾아서 공항을 빠져나가고 있었다.

· 단정한, 그러나 힘 있는 현장의 삶.

골프는 결코 나쁜 스포츠가 아니다. 하지만 한국 중년 남성들의 해외 원정 골프 투어, 섹스 관광은 나라 망신을 넘어 인간이 보여주는 추잡함의 끝판을 보여준다. 뭘 해서 돈들을 벌었는지 모르겠지만 자신들의 기득권을 자식 세대들이 온전히 이어가길 바라며 온갖 과외를 시키고, 크고 작은 스카이 캐슬의 주인공처럼 살아가려고 한다. 나는 그들의 모습을 〈트루먼 쇼〉의 삶이라고 생각한다.

어떻게 살든 각자의 몫이므로 간섭할 일은 아니다. 하지만 그들의 천편일률적인 삶이 세상의 다양성을 파괴하고 자본의 논리에 의해서만 살아가기를 강요한다면 나는 저항하고 싶다.

측은지심

어제 오전에 귀국하여 집에서 여독을 좀 풀고 저녁에 대리를 나갔다. 3건 하고 4만 원 정도 벌고 귀가하면서 술에 취해 즐거워하는 두 쌍의 러시아 연인들을 보았다.

휴대폰으로 서로의 커플 샷을 찍어주는 모습을 보면서 '밤에 휴대폰 훔쳐가는 놈도 없고 패싸움도 없는 우리나라 좋은 나라'라고 생각했다.

오늘도 나와서 남양주 진접에 있는 아파트로 가는 장거리 한 건을 낚았다. 삼성동이 직장이라는 차주는 어느 칼럼리스트를 닮았고, 매너가 좋았다. 베트남 얘기 등 이런저런 대화도 주고받았다. 잠실 쪽으로 나가는 광역버스 타는 정류장도 친절하게 알려주셨다. 이분, 해외 출장이다 여행이다 외국에 자주 나갔는데 동남아에 골프 치러도 가끔 간다고 한다.

베트남 여행의 마지막 날, 호찌민의 야시장에 가서 둘러보다가 싸움 구경도 했다. 야시장을 준비하는 상인과 점포가 있는 상인 사이의 갈등인지 원인은 알 수 없었지만 정말 살벌하게 싸웠다. 플라스틱 의자가 깨지면서 날아다녔다. 수많은 사람들이 우르르 몰려들어 말리는 건지 합세를 하는 건지, 순식간에 난장판이 되어버렸다. 미 제국주의 코쟁이들이 무서워할 만했다.
공항으로 가려고 숙소로 돌아오는 길에 한 여인이 아이를 데리고 구걸하는 모습을 또 봤다. 그런데 그 아이, 외계인 영화에 나올 법한 괴기스러운 기형아였다. 고엽제 피해가 유전되어 두 사람의 인생을 또 그렇게 비참하게 만들어버렸다.

어젯밤 자정쯤 을지로에서 노숙자들이 무료급식을 받아 여기저기 앉아서 또는 서서 먹고 있는 걸 봤다. 컵라면과 김치가 얹어진 밥 한 그릇. 배식하는 사람은 나이가 좀 있는 아저씨와 청년들이었다. 청년들은 자원봉사자로 보였다.
가난은 나라님도 구제하지 못한다지만, 굶주리는 사람들을 챙기고 보살피는 건 자본주의도 아니고 사회주의도 아니고 정치

인도 아니고 부자는 절대 아니다. 그저 사람을 사람으로 대할 줄
아는 측은지심의 소유자들이다. 나는 그런 사람들을 존경하고
사랑한다.

세상이
공평하지 않은데

친구는 내가 호찌민 시내에서 찍어준 뒷모습 사진이 맘에 들었
나 보다. ㅋ톡 프로필을 그 사진으로 바꿨다. 9시 반부터 나와서
인천 송도에 갔다가 또 목동 가는 거 잡았다고 톡 문자를 보냈다.
나는 7시 반에 나와 딱 2건 하고 3만 원밖에 벌지 못했으니 약
올리지 말라고 답했다. 금일 목표액의 절반도 채우지 못했다.

나도 첫 콜을 9시 반이 돼서야 겨우 잡았는데 앞자리에 앉은 차
주는 30대 중반이었다. 뒤에 앉은 젊은 여성 직원이 중간에 내리
면서 둘이 짧지 않은 뽀뽀를 하는데 '어, 이 관계는 뭐지?' 싶었
으나 두 눈 질끈 감아쳤다.
자기는 대리를 자주 부르는 편인데 어떤 기사들은 중간에 누가

196

내리면 가는 길임에도 "두당 3,000원 받게 되어 있다."라고 요구
한다며 불평했다. "그런 룰을 만드는 놈들이 꼭 있죠."라고 편들
어주니 기분이 좋았나 보다. 주행 내내 대화를 나누게 되었다.

회사가 역삼동이라고 해서 무슨 업종인지 물어보니, 편의점에
설치된 세로 형태의 모니터 기계 관련 사업을 하는 중소기업이
라고 소개했다. 작년 매출이 35억이고 대표도 외제 차, 사모도
외제 차를 몬다고 한다. 그런데 사내 2인자인 자기한테는 국산
차를 리스로 해줘서 지금 그거 몰고 다닌다고 했다.

양천구 목동 쪽에서 학교를 다녀서 부자 친구들이 많다고 한다.
가끔 모이는 열 명 중 몇 명은 공무원, 몇 명은 대기업에 다니고,
나머진 아버지 사업을 물려받는 금수저들이라고 부러워했다. 자
기만 중소기업에 다니는데 아버지도 잘나가지 못했다며 아쉬워
했다.

한 '친구 새끼'(그의 표현)는 아버지가 대표인 굴지의 베어링 회사
에 다닌다고 했다. 법인 3개 중 2개를 물려받았는데, 이에 반대
하던 임원들은 다 잘렸단다. 그래도 그 아버지, 후계자 아들에게
기름밥을 먹게 하며 베어링 제조의 기초부터 제대로 가르쳤다
고 했다.

아이고, 나도 수유리 철물점으로 당장 가서 "아버지, 제가 잘못

생각했습니다. 흑흑흑. 지금이라도 철물점 쪼매하게 차려볼 테
니 물건 좀 떼 주소, 흑흑흑." 해야 하나 잠깐 흔들렸다.

부자 친구들 얘기는 여의도를 지나 영등포를 지날 때까지 시리
즈로 이어졌다. 또 어떤 '친구 새끼'는 친척이 유명한 장OO 경
제 쪽 교수이고 아버지가 교육부 차관, 엄마가 초등학교 교장이
라고 한다. 부모 잘난 친구들은 돈 모아서 외국에도 자주 나가고
생각하는 게 참 다르다고 했다.

두 번째 콜을 여의도에서 잡았는데 젊은 커플이었다. 술을 얼마
나 마셨는지 모르겠지만 뒷자리 여성 차주의 입이 참 걸었다.
"지랄, 병신…"을 연달아 쓰는데 너무 짜증이 나서 백미러로 살
짝 째려보다가 걸릴까 봐 눈 내리고 운전에만 집중했다.
"누가 법인카드로 30만 원을 긁고 나머진 개인카드로 냈다, 또
어떤 친구는 술 마시면 너무 몸을 함부로 만진다…" 등의 친구
들 뒷담화를 치다가 일본 삿포로 여행 계획으로 빠졌다. 얘네가
아까 그 잘난 부모를 둔 애들인가 싶었다.

영등포구청역에서 2호선을 타고 복귀하는데 한 젊은 여성이 대
자로 누워 있었다. 보다 못한 다른 여성이 일으켜 세워 지하철에

승차했는데 타자마자 또 눕는다. 승객 여러 명이 달라붙어 의자에 앉히니 어디론가 전화를 걸었다.

"세상이 공평하지 않은데 나만 당할 수 있어?"라고 찢어지는 목소리로 말하곤 해까닥 돈 것처럼 깔깔깔 웃었다. 그러다가 서서히 흐느낌으로 바뀌더니 꿀럭꿀럭 오바이트를 했다. 그 모습을 보며 웃는 외국인들도 있었고, "술을 이기지 못하면 마시지 말아야지!" 혼잣말을 내뱉으며 하차하는 아저씨도 있었다.

나를 포함한 대부분의 승객이 찌푸린 표정을 짓고 있는데, 그 만취한 여성은 합정역에서 줄행랑쳐버리고 오바이트한 음식물 한 주먹만 덩그러니 남아 여러 사람을 불쾌하게 만들었다.

그녀에겐 도대체 무슨 일이 있었을까?

오늘은 유난히 술 취한 여성들을 많이 봤다. 여의도 버스 정류장, 을지로 지하상가에서도 몸을 제대로 가누지 못하는 여성 취객들을 보았다. 커다란 달이 너무 똥그랗게 떠 있기 때문인지, 아니면 한국 사회에서 여성이 겪는 불이익이 크기 때문인지, 그토록 취하게 된 원인들은 점쟁이가 아니니 알 길이 없다.

그들의 울화통 터지는 날이 줄어들길 바라며 나 역시 막걸리 한 병으로 오늘의 저조한 기분을 달래본다.

목표와
희망

불타는 금요일, 8만 원을 목표로 일찍 나섰다. 집 근처에서 첫 번째 콜이 울려서 걸어갔다. 젊은 남성이었는데 술은 안 먹은 거 같고, 운동을 많이 하고 힘들어서 대리를 부른 걸로 추정된다. 상수동에 도착하니 네미안 아파트 주민. 이곳에 살던 원주민들은 어디로 갔을까? 용강동 쪽으로 걸어 나오는데 출출함이 찾아와 떡볶이와 튀김으로 배를 채웠다.

마포역에서 두 번째 콜 캐치.
친척 모임에서 고기를 잔뜩 먹고 금천구 시흥으로 가는 40대 남성이 앞에 타고 뒷자리엔 그의 엄마가 탔다. 늙은 엄마는 담배 피우는 아들 때문에 매일 아침 기침을 한다고 아들을 타박했다.

200

성형 수술한 사촌 얘기, 아파트 청약 조건 얘기 등을 나누다 아들 녀석이 "지금 7억 나가는 롯데껌 캐슬, 5억 할 때 못 잡아서 아까워 죽겠다."라고 한탄한다.

"그렇게 살지 마라, 자식아."라고 한마디 하고 싶었으나 법적 분쟁이 우려되어 자제했다.

신림역에서 10,000원 확정으로 6분 운행을 마치고 8천 원을 번 후 남영동에서 수유리 한신대로 가는 콜을 잡았다.

앞에는 남편이, 뒤쪽으로 아내가 탔다. 아내가 핸드백에서 사탕을 하나 꺼내더니 "기사님 피곤하실 텐데 드려." 하면서 남편에게 준다. 남편은 껍질까지 까서 나에게 건넨다. 달콤한 캔디가 입안에서 사르르 녹았다.

아내가 남편에게 "아까 술자리에서 거시적인 거, 미시적인 거 다 말하니까 좋다."라고 말하는 걸 보아 학창 시절에 미분, 적분을 잘하셨을 것 같다. 내가 편하게 운전한 덕분인지, 남편이 편하게 자라고 해서 그런지, 살짝 돌아보니 아내는 고개를 떨구고 졸고 있었다. 베트남에서 5시간 걸리게 오면서 내가 저 자세로 왔는데 고개가 너무 아팠다.

"이봐, 남편! 착하고 똑똑한 아내님께 푹신한 목 쿠션 하나 사드리세요, 알간?"이라고 명하고 싶었으나 대리기사에게 그런 명령

권은 없으니 또 자제했다.

경전철을 타고 성신여대로 와서 충무로에서 3호선을 타고 귀가할까 하다가 효자동 아파트로 가는 콜 하나를 또 잡았다.

주차까지 완벽하게 해드리고 나와서 자하문 터널을 넘어가는 방향으로 택시를 잡으려고 했는데 도무지 잡히질 않았다. PL러스 카풀도 소용없었다. 미세먼지로 가득한 차가운 밤공기가 폐를 괴롭혔다. 그랩 카풀로 바로바로 차를 잡을 수 있었던 따뜻한 베트남이 그리웠다.

반대 방향으로는 시내로 들어가는 빈 택시 여러 대가 쌩쌩 지나갔다. 이게 무슨 경우인지, 그냥 포기하고 횡단보도를 건너니 바로 택시가 잡혔다.

"유턴해서 자하문 터널 쪽으로 가주세요."

야간 할증 택시비 7,200원과 버스 지하철비 빼고도 오늘은 7만 원 정도 벌었다. 역시 사람에겐 목표가 있어야 한다. 목표와 희망이 없다면, 그건 좀비 같은 삶이다. 목표가 없어진 인간은 눈빛에 매가리가 없다.

그리운 아빠, 엄마 계시던 초록기와집으로 입성에 성공한 후 그 대통령은 재임 내내 눈빛이 흐렸다.

판문점 김훈 중위 사건 발생일
_대리 운전에 답이 있을까

늦게 일어나서 김태오 회장님 변과 고양이들 변을 치우고 쓰레기 분리 처리를 마치니 호텔 조식 같은 아침 식사가 준비되어 있었다. 나는 참 장가 잘 왔다.

　·　하루를 여는 양식으로 마음의 부자가 되어간다.

하지만 어제는 재수에 옴 붙은 날이었다.

첫 번째 콜은 썩 괜찮았다. 내내 대화를 나눴다.

주변 사람들이 극구 만류함에도 불구하고 삼숭 재벌기업, 좋은 직장을 때려치고 어머니가 하시는 허름한 식당을 인수했단다. 그리고 이제는 직원 십여 명을 고용하는 '맛집'의 능력자 업주가 되었다. 하지만 정권이 바뀌고 법도 바뀌어서 직원들 월급 주고 퇴직금 챙겨주는 게 너무 힘들다고 했다. 같이 힘들게 일해온 직원들한테 느끼는 배신감도 크다고 했다. 지금 40대 초인데 곧 장가를 가서 몇 년 만에 처음으로 해외여행을 할 거라고 했다. 신혼여행지는 스페인과 프랑스 파리라고 했다. 나도 좀 데려가라, 프랑스 파리!

요즘 스트레스를 너무 받아서 결혼하면 정상적으로 아기를 가질 수 있을지 걱정했다. 그래서 "스트레스를 많이 받으면 남자 몸에서는 정자수가 줄어들죠."라고 산부인과 전문의처럼 진단했다.

두 번째 잡은 콜의 차주, 지나치게 인간적인 캐릭터였다.

그도 스트레스를 많이 받아서 고주망태가 되도록 마셨나 보다. 북악 터널을 지날 때, 성산대교를 지날 때 우웩 우웩거리며 오바이트를 했다. 다행히 하느님은 현명한 아내를 태우사 "정말 가지

가지 한다."고 잔소리를 하면서도 비닐봉투를 여러 장 챙긴 덕에 차 안은 냄새만 잔잔히 진동할 뿐 파편은 튀지 않았다.

확정 2만 원 카드 결제였는데, 나한테 많이 민망했는지 팁으로 만 원을 계좌이체 해줬다.

세 번째 잡은 콜이 내 생애 첫 번째 외제 차 사고가 될 줄은 정말 몰랐다.

20대 초반의 커플이 호텔에서 뭘 하고 나오는가는 내 관심사가 아니지만 무슨 일을 하기에 BM떠불유를 모는지는 궁금했다.

"느그 아부지 머 하시노?"라고 물어보려는 찰나! 호텔 주차장에서 뱅글뱅글 올라오는 통로의 입구를 지나다가 차 범퍼가 콘트리트 턱에 걸려 흠집이 났다.

보험사에 전화해서 사고 접수를 하고 이십여 분을 기다리자 담당자가 나타났다. 앳된 차주는 내가 최대한 적게 배상할 수 있도록 배려해줬다. 고맙긴 했지만 월요일쯤 나올 배상금이 얼마나 될까 걱정된다.

대리 운전은 정말 답이 없구나. 어서 다른 일을 찾아야 한다.

한 끼 밥의
위로

어제는 부암동에서 진관동으로 가는 젊은 친구의 차를 몰면서 상담까지 해줘야 했다. 내 참. 상담비는 따로 받지 않았다.

"사장님, 제가 얘기할 곳이 없어서 대리하시는 분한테 이런 얘기를 다 하네요. 저도 대리나 해야 될까 봐요. 월급쟁이로 사는 게 너무 팍팍해서요. 요즘 참 서러워요."

40살 먹었다는 월급쟁이 총각은 부모님이 사시는 아파트에 같이 살고 있었다.

"요즘 집은 사는 게 아니라 물려받는 거래잖아요. 사더라도 다들 은행에 월세 내고 사는 거죠."라고 위로했다. 결혼을 해야 할지, 말아야 할지 모르겠다고 해서 하지 않는 방향을 강추했다.

낮에, 토요일에 사고 났던 BM떠불유의 수리비가 나왔다고 보험사로부터 연락이 왔다. 차주가 맡긴 공업사의 담당자와 통화했다. "범퍼를 갈면 200만 원 넘게 나오는데 그냥 펴는 작업에 도색해서 60~70만 원이 나온다."라고 한다. 얼마가 나오든지 간에 나는 면책금 30만 원을 내야 했다.

은행 잔고를 탈탈탈 털어서 바로 쏴줬다. 베트남에서 18만 원만 쓰고 온 게 너무 다행이다. 며칠 전 친구 계좌로 20만 원도 보냈다. 돈 번 날도 별로 없는데 지출이 많은 2월이다.

오늘은 서울 시내에서만 네 건이 연달아 잡혀서 5만 원 이상 벌었다. 요렇게 6일만 벌면 액땜비 30만 원 나간 거 봉창할 수 있다. 메르세데쓰 벤쯔를 두 대나 몰았는데 정말 조심해서 몰았다. 한 차는 평창동 사는 늙은이였고, 한 차는 정릉 사는 젊은 커플이었다.

3월엔 왕창 벌자. 트럼프처럼 신나게 벌어서 늘그막에 나도 벤쯔 타고 다니자. 그러려면 아껴야 한다. 아니다 잘 먹어야 한다. 일단 너무 배가 고프니 뭘 좀 먹자.

오래간만에 온 두부집 사장님이 계란 프라이를 해주신다. 브로
콜리와 겉절이 김치도 주신다. 말도 아닌데 당근도 주신다. 먹태
와 맥주까지 진수성찬이다. 잘 왔다.

•   위로는 이런 것이다.

인간다운
삶

사충하는(사모하고 충성하는) 애인님께서 외제 차로 사고 친 못난 이 남편을 불쌍히 여기사 적금을 깨서 금일봉을 쏴 주셨다. ㅋ톡 으로 온 "아껴 쓰거라."

돈 봉투를 열어볼 땐 300만 원인 줄 알았는데 30만 원이었다. 그래도 30만 원이 어디냐? 기분 최고다. 어차피 다음 달 생활비로 다시 드릴 돈에 포함될 예정이지만 좋은 건 좋은 거다.

애인께서 의자를 하나 마련하신다고 해서 조수석에 모시고 이께아에 갔다. 배송비도 아끼고 저녁 드라이브로 바람도 쐬니 좋다. 이께아에 난생 처음 가봤다. 거대한 매장 전체가 쾌적하고 세련됐다. 유럽에 영화 상영 때문에 갔다 오신 적 있는 애인께서 "유럽에 가면 다 이래."라고 거들먹거리셨다. 내 기준으론 가격들이 꽤 비쌌는데 "이 정도면 싼 거야."라고 하신다. 역시 노시는 물이 다르다.

책장에 꽂힌 책들이 플라스틱이나 스티로폼으로 만든 모형인 줄 알았는데 꺼내보니 진짜 책들이었다. 하지만 다 못 알아먹을 잉글리시였다. 엘쥐 테레비도 리얼 제품이었다. 하지만 삼숭 재벌 갤럭시 패드는 모형이었다. 아마 진짜였으면 훔쳐가는 놈들 많을 거다.

집으로 가다가 대리 콜이 잡히면 내려달라고 했다. 미세먼지가 심하지만 날이 따셔서 그나마 다행이다. 열심히 벌어서 좋아하시는 방어회도 사드리고 심플한 모양의 옷장, 이불장도 사고 인간답게 살아보자.

- 허구도 진짜가 될 수 있을까?

신이
말하셨다

밤 9시가 되도록 대리 한 콜도 뛰지 못했다. 공간 사진이나 찍고
들어가야 할 판이다.
집에 가서 막걸리나 마시라는 신의 계시인가.

• 이곳에서는 어떤 일들이 벌어질까?

가난의 자유는
있을까

늦은 오후, 포방터 시장에서 낮술 드신 차주의 콜을 잡고 대방동까지 운행했다.

회사 회식이 있었나 보다. 젊은 차주는 30여 분 내내 여러 통의 통화를 했다. 방금 헤어진 직장 후배, 직장 팀장, 일하고 있던 친구, 와이프, 지방으로 놀러 간 엄마…. 목적지에 다다르자 그가 "술 먹으면 꼭 이렇게 전화를 많이 하더라구요. 죄송합니다."라고 말한다.

"술 마시면 저도 그래요."라고 말해줬다.

"결혼을 해서 다행이지 총각 때는 늘 여자들한테 전화했다."라고 한다. 나도 그랬었나?

버스를 타고 한강을 건너는데 미세먼지가 가신 하늘 저편의 석양빛이 아름다웠다. 만원 버스 속의 여러 명이 그 석양을 바라보고 있었다. 한강에서는 갈매기를 볼 수 있다.

갈매기는 자유를 의미한다. 저마다 자유를 꿈꾼다. 가난으로부터의 자유, 질병으로부터의 자유, 외로움으로부터의 자유, 자식 뒷바라지로부터의 자유, 나이 듦으로부터의 자유, 시간으로부터의 자유, 상사로부터의 자유, 남편(혹은 마눌님)으로부터의 자유….

배고픔으로부터 자유롭기 위해 돈가스 집에 왔다. 마음 같아선 을지로 돈가스집에 가서 500cc 한잔 곁들이고 싶지만 참아야 하느니라. 어제는 비도 오고 기침도 심해서 쉬느라 공쳤다. 오늘은 7만 원만 벌자. 할 수 있다.

역시 사람은 목표가 있어야 한다. 자정 전인데 74,000원을 벌었다. 하지만 사람에겐 운도 따라야 한다. 또 사고를 쳤다. 이번에도 외제 차.

조명이 없어 어두운데, 좌회전해서 아파트 주차장으로 들어가다 입구에 있는 턱에 걸려 휠에 흠집이 났다. 내일 공업사에서 견적이 나오면 연락받기로 하고 ㅋㅋㅇ 센터에 전화해서 보험처리

대기 상태로 해놨다. 아마 휠을 교환하는 것으로 결론이 나면 저 번처럼 보험처리에 자기 부담금 30만 원이 들 것이다.

오기가 생긴다. 3,000만 원은 벌고 끝내겠다. 이놈의 대리기사.

나간 돈은
또 벌면 된다

어제 점심엔 젊은 감독님을 만나 롯데재벌리아에서 햄버거를
먹었다. 젊은 감독 역시 돈이 없긴 마찬가지인데 촬영현장에서
쓸 드릴을 빌려준 대가로 얻어먹은 거다.
감독은 최근 자비로 단편 영화 촬영을 마쳤다. 다음부터는 절대
영화는 자비로 찍지 말라고 했다. 그렇게 되면 영화가 취미생활
이 되니 말이다.

그저께 대리 뛰다 앞 뒤 휠에 흠집 낸 쉐벌레의 음치 차주로부터
연락이 왔다. "두 짝 다 갈아야 해서 60만 원 이상 든다. 보험 처
리하면 내가 자부담 30만원이 드니 그냥 나한테 25만 원을 보내
라."는 것이다. 20만 원으로 합의하고 쿨하게 바로 쏴드렸다.

고기 많이 먹고 잘 살아라. 다음부턴 대리 불러서 노래하지 마라. 유명세 탔던 김 아무개 간첩이 넘어왔던 북악 스카이웨이 길을 지나면서 모가지를 꺾고 싶은 충동을 느꼈으니 말이다.

사고 2건으로 벌써 50만 원이 나갔다. 3월에 운전 조심하라고 했던 우이동의 래퍼 점쟁이, 정말 용하다.

나간 돈은 또 벌면 된다. 어제 오후 늦게 동네에서 콜이 잡혀 일산에 다녀왔다.

차주가 일산 자동차등록소에 서류만 제출하고 다시 동네로 오자고 했다. 그래서 한 차에 두 콜로 4만 7천 원이나 벌었다.

차주는 최근 1억 5천만 원을 누군가에게 빌려준 모양인데 그 사람이 한 달 만에 또 돈을 요구해서 분노가 뻗친 모양이다. 추심 회사랑 통화하는 것 같았다.

돈이 많아도 골치구나. 돈이 없어서 참 행복아요.

돌아오는 길에 구기터널 지나기 전, 큰 불이 나서 소방헬기와 응급차가 출동하는 걸 봤다. 다친 사람도 있는 것 같았다.

저녁엔 나가지 않고 집에 있었다. 감기가 낫지 않은 상태인데 제주바람보다 더 센 강풍을 맞으며 오달달 떨고 싶지 않았다. 한약방에서 거금 9만 원을 들여 달여 온 탕약은 커피 같다. 기침이 좀 줄어드는가 싶더니 어제 새벽에도 연속적 기침이 간헐적 취침을 공격했다.

건강은 생활 습관이 좌우한다. 저녁부터 새벽 3시까지 기획안 작업을 했더니 무리가 온 것이다. 결국 오늘 2시 약속은 펑크 내고 대신 전화로 이런저런 얘기를 주고받았다. 서로 아는 사람이 있어서 뒷담화도 좀 했다. 기대하셨던 답을 드리지 못해서 죄송하다. 과도한 문서작업에 너무 기가 빨렸다.

콜록 콜록은 어느 대통령의 장기다.

내 기침도 그처럼 극영화 연기면 좋을 텐데….

고양이
예찬

어릴 적에는 고양이 알러지가 있어서 키울 엄두가 나지 않았다.
제주에서 살 때, 서귀포 일호 광장에서 발끝에 안겨 비비는 아이
를 집으로 데리고 오면서 알러지가 없어졌다는 사실을 알게 되
었다. 그러다가 예례동에서 헌책방을 할 때 가게로 들어와서 나
가지 않는 아이를 또 데려오게 되었다. 둘 다 여자애인데 이름을
'모래', '수미'라고 지었다. 존재감 확실한 김태오 회장님과 고양
이들은 약간의 신경전은 있지만 그럭저럭 잘 지냈다.
영화 〈맨 인 블랙〉을 보면 고양이 목에 달린 은하계의 방울을 바
퀴벌레 외계인이 훔치려고 한다. 고양이의 맑은 눈을 보고 있으
면 이루 다 말할 수 없이 영롱한 작은 우주가 이곳에 있는 것만
같다.

서울로 이사 오니 동네에 길고양이들이 너무 많았다. 먹을 것도 없는 동네에서 뭐 그리 번식을 많이 하는지. 집 근처 폐가에 사는 회색과 검정 두 마리가 유독 귀여웠는데, 한 사람이 매일 아침 와서 사료와 물을 챙겨줬다. 그가 아침을 챙기면 저녁에 애인께서 항생제 섞은 사료를 먹였다. 그러다가 회색 놈이 싸움을 했는지 눈에 이상이 생겼고, 안 되겠다 싶어서 두 마리를 구조했다.

동물 감수성이 강한 애인과 나는 전부터 검은 아이를 '노랑눈', 회색 아이를 '야옹이'라고 불렀다. 형제로 보이는 둘을 집으로 데려와 씻기고 눈 다친 야옹이는 동물병원에 데리고 가서 치료해 주고 약을 먹였다. 임시보호만 하자고 했는데 정이 들어버렸다.

노랑눈은 먹고 싸고 잠만 자는데 사람 손을 전혀 거부하지 않는 순둥이다. 야옹이의 눈은 완벽하게 나았고 천 원짜리 장난감에 폴짝 폴짝 반응하고 호기심이 많다. 검은 애는 턱이 하야니 '턱수'라고 이름 짓고 회색 줄무늬는 성격이 호방해서 '호방'이라고 개명했다.

고양이 네 마리에 개 한 분 모시는 집이 되니 최 아무개와 그녀의 딸이 살던 독일의 저택 같다. 같이 살고 싶지만 솔직히 누가 좀 데려가서 키웠으면 좋겠다. 이미 김태오 회장님과 제주도에서 데려온 고양이 '모래'와 '수미'의 사료 값도 부담스럽다. 형편상 비싼 사료를 사주진 못 한다. 그래도 무자식 상팔자니 가능하다.

밤에 대리 운전을 뛰다 보면 거리에서, 버스에서, 서울 외곽 아파트촌에서 자주 마주치는 대리기사들이 마치 길고양이처럼 느껴졌다. 물론 기사들에게 잠 잘 집이 없는 것은 아닐 테지만 시커먼 패딩 점퍼를 입고 휴대폰 대리 앱을 뚫어져라 보고 있는 그 모습은 영락없이 길고양이다. 그리고 내 자화상이기도 하다. 차주 눈치 보면서, 진상 취객의 무례도 참아내면서, 새벽에 아무도 없는 거리를 두 발로 달려야 하는 대리기사들에게 겨울은 너무 지독한 계절이다.

그래도 봄이 오고 있으니 얼마나 다행인가?

• 그래서 보살피는 거다!

ㅌㄷ
면접

작은형이 장례식 갈 때만 입는 검정 양복도 빌려 입고, 만 원짜리 흰색 와이셔츠도 한 벌 사고, 면도도 깔끔히 하고 면접을 보러 갔다.

나 포함해서 세 명이 왔다. 나보다 나이 많아 보이는 아저씨는 운전경력증명서 미비로 교육도 받지 못하고 귀가 조치됐다.

나보다 어린 두 친구와 바로 주행 테스트를 나갔다. 젊은 친구가 합격, 불합격의 권한을 가졌다.

첫 번째 응시자는 멘트 중 몇 개를 빼먹었고, 두 번째 응시자는 좀 불안하게 운전했다. 세 번째로 나선 나는 조심조심해서 운전하고 멘트도 다 맞게 읊었지만 아차! 한 손으로 운전하면 안 된다는 걸 나중에야 깨달았다.

세 명 다 불합격.

인사도 하지 않고 그냥 뒤돌아 귀가했다.

불합격시킨 그놈, 하도 거만하고 싸가지가 없어서 한 대 치고 싶었지만 참았다. 이 과정을 거친 ㅌㄷ 드라이버님들 존경스럽다.

나는 원래 재수는 안 하는 스타일이니 다른 일을 찾겠다.

교육 전 숙지사항

승객 탑승 정확하고 안전한 운행은 타다의 자랑입니다. 목적지와 경로를 반드시 확인해주세요.

· 첫인사 "안녕하세요? 타다서비스의 드라이버 ○○○입니다."
· 승객 본인 확인 "_____님 맞으신가요?"
· 목적지 확인 "_____로 가시는 게 맞으신가요?"
· 경로 확인 "네비게이션 안내대로 가면 될까요? 혹시 원하시는 경로가 있으신가요?"
· 실내 환경 확인 "실내온도(에어컨/히터)와 라디오 음량은 적당하신가요?"

승객 하차 타다의 기사님은 타다의 얼굴입니다. 마지막까지 친절한 안내 부탁드려요.

· 도착지 확인 "원하시는 도착지가 맞으신가요?"
· 정산 확인 "잠시만 기다려주시면 운행종료 하겠습니다."
· 분실물 확인 "잊으신 물건은 없으신지 확인해주세요."
· 자동문 안내 "문을 열어드릴테니 잠시만 기다려주세요."

배차 대기 중 다음 승객이 기분 좋게 탑승할 수 있도록 승객 하차 시 다시 한번 확인해주세요.

· 차량 내부 물품/환경 재확인 (분실물, 쓰레기, 오염, 비치 물품 파손 여부 등)
· 차량 내부 재정돈 (좌석 간격, 좌석 배열 등)

교육 참석 전까지 꼭!! 숙지하여 주십시오.

ㅌㄷ
두 번째 면접

검정 양복을 입고 집을 나섰다. ㅌㄷ 드라이버 주말 주간 반 면접을 보고 이론 교육과 주행 테스트를 거쳤다. 남성 어르신 두 명과 50대 여성분, 내 또래 남성 두 명이 있었다.

첫 번째로 주행했던 내 또래 남자는 분명 탈락했을 것이다. 내가 손님이라도 그 불안한 운전을 참고 있진 않았겠다.

난 두 번째로 몰고 바로 귀가했다.

집에 오자마자 편한 옷으로 갈아입고 명동으로 향했다.

전부터 만나 뵙고 싶었던 분과의 약속은 뒤로 미뤄졌다. 대신 바로 옆 동네 을지로 뒷골목에서 술자리 하고 계신 분들의 자리에 합석했다. 은사님과 다큐멘터리 감독님과 젊은 미술 작가님과 막걸리 8병, 각 2병을 마셨다.

안주가 너무 많았다. 주인아주머니는 그런 인심으로 수십 년간 그 자리를 지켰을 것이다.

그렇게 술을 마시다 옆자리에 앉으신 을지로 토박이 장인들과 인사를 나눴다. 탱크는 아니더라도 고객의 주문에 맞춰 온갖 금속 틀을 만드는 분, 음향기기의 틀을 만드는 분, 의료 기기 관련한 주문을 받아 납품하는 분들이셨다.

그들은 최근 을지로에서 벌어지고 있는 개발 빙자 파괴에 대해 안타까워하면서 두려워했다.

부동산, 예술가, 형식, 아방가르드…. 많은 얘기들이 술잔들 사이로 오고 갔다.

술자리 도중에 전화를 받았다. ㅌㄷ 드라이버에 합격했다. 빠르면 이번 주말부터 일한다.

한 달에 8일 일하고 80만 원쯤 벌겠다.

ㅌㄷ의
매력

운행 전 일지

차고지　　KOO생명타워
차량번호　72호 0000
운행시간　06:00~16:00
특이사항　출근시간 전 미 수락 1건 발생.

카풀과 별반 차이는 없었다. 하지만 카풀처럼 내 차의 기름을 태우고, 내 타이어가 닳아버리는 게 아니라 회사차를 모는 게 다른 방식이다. 세차도 용역회사가 해준다.

ㅌㄷ 드라이버는 말 그대로 운전만 해주는 노동자다.

손님들의 반응과 매너들도 좋았다.

스르륵 자동으로 열리는 문에 아이들이 "우와~"하며 올라탔다.

아이를 데리고 이동해야 하는 주부들이 애용했다.

걷기모임을 마치고 '맛집'으로 가는 등산복 중년부대도 있었고, 아파트 정보와 아이들 학습정보를 주고받는 주부들도 있었다.

혼자 타는 손님들은 시트를 눕혀서 편하게 잠을 잤다.

93.1 클래식 채널을 볼륨 4나 5 정도로 항상 틀어놔야 하고, 매번 이용하시는 손님에게 "온도와 라디오 볼륨이 괜찮으신가요?"라고 물어야 한다.

10시간의 출근시간 중 90분, 즉 1시간 반의 휴식이 허용되어 이때를 이용해 밥도 먹고 볼일도 봐야 한다.

운행을 마치면 차량 상태를 확인하고, 출근 전과 마찬가지로 매니저에게 ㅋ톡 보고를 한다.

깔끔하다

운행 후 일지

차고지	KOO생명타워
차량번호	72호 0000
운행시간	06:00~16:00
특이사항	11시 10분경 앱 오류로 미 수락 1건 발생.
	타이어 압력 등 켜져 있음.

직장인들을
존경하며

운행 후 일지

이름	김희철
차고지	KOO생명타워
차량번호	72호 0000
운행시간	06:00~16:00
특이사항	세차 필요합니다.

오전 6시까지 출근하려면 4시에 일어나야 한다. 이 시간에 마을 버스는 없다. 노타이에 〈맨 인 블랙〉에 나오는 복장으로 집을 출발, 버스 정류장까지 20여 분 걷는다.

차고지에 도착해서 차량에 이상이 없는지, 내·외부는 깨끗한지

살펴본 후 출근하기를 누르고 배차를 기다린다.

이태원 언덕배기 동네에서 서울역으로 가는 외국인이 첫 손님
이었다.
"볼륨과 온도는 괜찮으세요?" 등 5가지 멘트를 영어로 해야 하
나? 번역 앱을 사용할까? 고민하다가 때를 놓쳤다.
"왼쪽으로 가주세요."라고 유창한 한국어를 구사하는 그에게
"Where are you from?" 따위의 말은 걸지 않았다. 얼마나 지
겹도록 들었겠는가?

일산에도 가고, 수서에도 가고, 이곳저곳 다니다가 강남에서 마
지막 콜을 잡았다.
젊은 여성이었다. 타자마자 "왜 3분 거리에 있다면서 이렇게 오
래 걸리느냐?"고 짜증을 냈다.
배차 수락을 누르니 '12분 후 도착'이라는 내비게이션을 따라
왔을 뿐인데 억울했다. 하지만 그냥 "죄송합니다~." 하고 말했
다. 강남, 논현 부근은 유턴이 되지 않아서 그랬던 것이다. 논리
적으로 따져봤자 기분만 상할 것 같아서 그냥 말았다.

운행을 마치고 돌아오면서 의무적으로 틀어놔야 하는 클래식

채널을 휙 돌려서 내가 애청하는 FM POP스를 볼륨 30이 넘도록 크게 틀었다.

라이오넬 리치의 노래, 조이의 'touch by touch'…. 좋아하는 음악이 줄줄이 비엔나로 나왔다. 스트레스 해소엔 백약이 무효. 음악이 최고다.

월화수목금 매주 5일 내내 출근해서 온갖 스트레스를 컬컬하게 마시며 사는 직장인들이 존경스럽다.

그래도
대리 운전

출장 세차를 해볼까 하니 창업비만 천만 원에 가깝고, 탁송 운전을 해볼까 하니 보증금, 수수료, 보험료에 차 떼고 포 떼면 수익이 너무 적고, 음식 배달을 해볼까 하니 오토바이 렌트 비, 수수료, 보험료에 이것저것 다 떼고 나면 역시 수익이 너무 적고.
결국 무어니 무어니 하더라도 대리 운전이 제일 낫구나 싶어 오래간만에 출근해서 9시가 다 되도록 한 콜도 못 잡다가 일산으로 가는 확정 콜을 잡았다.

말끔한 정장을 입은 취객은 아내에게, 회사동료에게, 어떤 여동생에게 연달아 전화를 했다.
아내와는 딸 얘기를 나긋나긋하게, 동료에겐 회사 선배 뒷담화

를 온갖 욕을 섞어서, 여성에겐 이상야릇한 분위기로 말했다. 그
러고는 고요히 잠을 잤다.

운행이 끝났는데도 계속 잤다. 확 내버려두고 나오고 싶었지만
흔들어 깨워서 거대한 아파트 주차장에 잘 파킹해준 후 차들 다
니는 출구를 따라 걸어 나왔다.

사람이 다니는 출구는 비밀번호를 알아야 하니 대리기사는 탐
내지 말지어다.

영화니 이러저런 작업이니 미련을 털고, 남들처럼 월화수목금토
매일 아침부터 일하고 일요일 하루 쉴 수 있는 번듯한 직업이나
잡고 새사람이 되어야 하나, 늘 생각한다. 사회에 불만 갖지 말
고 하느님이든 부처님이든 매주 찾아가서 용서를 빌며 희망을
갖고 사는 인간이 되어야 하나, 늘 고민한다.

자유여행자를
갈망하며

조조할인 버스는 960원.

물건이나 서비스를 주고받는 자본주의 세상에는 세 가지 유형의 사람이 있다.

물건이나 서비스를 만드는 사람, 그 물건이나 서비스를 구매하는 사람, 그리고 그 중간에서 그 물건이나 그 서비스를 제공하는 사람.

대부분의 사람들이 두 번째 유형의 소비자면서 세 번째 유형의 매개자다.

버스기사, 택시기사 등은 운송 매개자, 자영업자나 편의점 아르바이트생은 상품 매개자, 대학교수나 초중고교 선생님, 학원 강사 등은 지식 매개자, 도로의 환경미화원이나 건물미화원은 청소 매개자….

대부분의 사람들이 매개자의 임무를 맡고 그 대가로 월급이나 주급, 또는 일당을 받아 생활한다.

나는 주말마다 신종 운송 매개자인 ㅌㄷ 드라이버가 되어 고객을 태우고 목적지까지 모신다.

세 가지 유형에 속하지 않는 사람들도 있다. 자유여행자들이 여기에 해당한다.

여행사의 패키지 상품을 소비하며 스트레스를 푸는 건 그냥 소비자다. 자기 몸집보다 큰 배낭을 짊어 맨 채 달랑 비행기표만 끊고 낯선 땅에 와서 걷고, 맛보고, 사람들을 관찰하며, 고행과 같은 여행을 하는 사람들. 어떻게 보면 철없고 어찌 보면 딱하기도 하지만 끊임없이 자기 자신을 찾아 헤매는 이 자유여행자들이야말로 미쳐가는 자본주의 세상에 브레이크를 걸 수 있는 사람들이다.

어제 오늘, 주말 이틀 동안 일당 10만 원씩 버는 운송매개자인 나는 여전히 호찌민 거리의 자유여행자를 갈망한다.

나는
왜

오늘은 성수, 건대입구, 어린이대공원 쪽을 많이 돌았다. 용비교에서 보이는 응봉산엔 미세먼지를 비웃듯 개나리가 만개했다. 사진을 취미로 하는 상춘객들이 많았다. 카메라를 든 사람이 많을 때 나는 늘 그 무리에 속하고 싶지 않았다. 그래서 나는 사진을 좋아했지만 사진기자를 포기했다.

돌이켜보니 나는 늘 남들처럼 살고 싶지 않았다.

고등학교 땐 남들처럼 일반 대학에 가서 데모질이나 하고 싶지 않아서 사관학교에 갔다. 사관학교에 가선 동기생들처럼 잘 참아내지 못하고 1년 반 하다 때려치웠다. (공식적으론 시험지가 백지

처리 되어 퇴교 당했다.) 외대에 가선 학우들처럼 토익 공부를 하고 일반 회사에 들어가고 싶지 않아서 비정규직 다큐멘터리 조연출 일을 시작했다. 회사에 들어가선 입사 동기들처럼 꾸준히 다니지 못하고 내가 하고 싶은 작품만 만들겠다며 1년 만에 나와버렸다.

독립다큐멘터리를 만들면서 밥벌이를 위해 예술 강사를 하다가 10년을 채우지 못하고 또 그만두었다. 제주도에 가서 3년 동안 살면서 이것저것 해봤지만 한 가지에 정착하지 못했다. 서울에 돌아와서 철물점도 몇 개월 나가다 그만뒀다. 대리 운전도 몇 개월 하다가 흐지부지되었다.

도대체 나란 놈은 뭘 제대로 진득하게 할 줄 아는 게 없다.

그나마 꾸준히 하는 건 동네 다리를 건너면서 사진 찍는 일이다. 같은 장소에서 같은 구도로 찍지만 풍경은 매일 바뀐다. 하늘색도 다르고 물에 비친 이미지도 매일 달라진다.

- 오늘은 어떤 색으로 보이는지.

미래의
다큐멘터리

"정권은 바뀌었는데 청년의 삶은 바뀐 것이 없다."

그렇다. 아무것도 바뀌지 않았다. 청년의 삶뿐만 아니라 빈곤 노인의 삶, 노동자의 피곤한 삶, 차별받는 여성의 삶…. 모든 게 바뀌지 않았다.

전 국민이 애용하는 Q팡맨은 늦은 밤까지 배송을 마쳐야 겨우 한숨 돌리고 삼각김밥 같은 걸로 주린 배를 채울 수 있다. 자식에게 사업자금 다 퍼준 노인들은 파지를 주워 생활하고, 그 돈으로 창업하여 가맹본사에 갖다 바친 자식들은 성공은커녕 대출이자도 감당하기 어렵다.

반면, 재벌 2, 3, 4세들은 마약에 찌들어 있고 그 밑에서 아무렁

지도 않은 듯 조용히 지내는 인간들, 고위 관료, 금융계 간부, 어용 교수…. 소위 전문가 그룹의 삶은 고층건물 올라가듯 나날이 바뀌어갔다.

실제로 이들이 소유한 여러 채의 부동산 가격은 고공 행진을 하여 추락하지 않는다. 이들의 자식들은 갓난아기 때부터 부동산을 소유하고 있으며, 잘나가는 학교를 졸업하고 유학도 다녀오고 정규직으로 척척 붙어서 비정규직 직원들을 관리한다.

사람들은 바뀐 정권에 개혁을 기대하고, 그 성과가 단기에 보이지 않으면 정권을 맹비난한다. 이 와중에 정권을 물어뜯는 야당의 지지율은 높아지고, 그러다가 이 아무개 같은 인간이 또 등장하여 뭔가 다 잘될 것처럼 사람들을 현혹한다.

"부자 되세요~."

너도 나도 아파트를 사재끼면서 미세먼지도 정권 탓, 비가 많이 와도 정권 탓, 불이 나도 정권 탓…. 그러다 정말 이 아무개 같은 인물들이 다시 정권을 잡고, 금수강산을 박살내고, 결국에는 사회구성원 각자의 이기심은 극에 달한다. 블랙리스트가 작동하고 약자들끼리 싸우는 아비규환의 상황이 도래한다.

수백 명이 탄 배나 비행기 사고가 나도 생존은 각자의 몫. 그 상황에 국가시스템은 아무것도 하지 못하거나 오히려 진실을 덮어버리는 악귀가 된다. 책임을 회피하거나 전가하려고만 한다.

과거의 얘기가 아니라 곧 닥칠 미래의 이야기다. SF(science fiction, 공상과학)가 아니라 곧 전개될 다큐멘터리다.

헛된
꿈

최악의 산불을 하루 만에 진압한 소방관들의 활약은 감동적이
고, 전 정권의 무정부와 대비되는 이번 정부의 대응은 칭찬받을
만하다. 하지만 삶의 터전을 잃어버리는 날벼락을 맞은 재난피
해자들의 삶은 하루하루가 연옥처럼 막막할 것이다.

그들뿐인가? 많은 이들이 전쟁 통에서 살아가고 있는 것 같은
불안정한 삶을 살아가고 있다. 문제는 무엇일까? 혹자들은 무능
하고 파렴치한 정치인들이나 재벌들을 욕한다. 늘 비정규직으로
버티고 있는 나도 그들이 미울 대로 밉다. 뉴스에 질 낮고 뻔뻔
스런 정치인들이 나오면 욕부터 나온다. 하지만 그들이 좀 나아
진다고 해서 세상이 살 만하게 돌아갈 거라고 믿는 것은 유치하

다. 세상은 정말 미치도록 급격하게 변화하고 있다. 4차 산업, 공유 경제…. 말이야 번드르하게 거창하지만 결국 시스템이 돈을 벌고, 인간은 가난해지는 매트릭스 세상이 된 것이다.

대리기사를 몇 개월 뛰다가 낮에 운전으로 할 수 있는 아르바이트거리를 찾았다. 두 가지가 있었다. 자기 차로 퀵 서비스를 하는 일과 역시 자기 차로 Q팡 배송을 하는 알바였다.

단가는 퀵 서비스가 높아 보였다. 하지만 단가가 높은 콜은 중간중간 들려야할 배송지가 많았다. 예를 들면 7만 원짜리 퀵 주문을 잡으면 앱 회사 수수료 20% 14,000원을 떼고 56,000원에서 기름값은 내가 부담하면서 무려 10곳에 물건을 갖다줘야 하는 식이다. 물론 요령이 있고 손이 빠른 자가 먼저 낚아채는 이 경매장 방식의 시장 구조에서 제법 돈을 버는 사람도 있을 것이다.

Q팡 플렉스라는 알바는 우주비행장처럼 거대한 물류창고에 가서 배정받은 물건들을 내 차에 터지도록 적재한 후 주문한 고객의 집 문 앞에 갖다놓는(직접 건네지 않으면 문 앞에 물건을 두고 사진을 찍어서 고객에게 전달되는) 시스템으로, 건당 1,000원 정도의 배송비를 받는다. 물론 기름값은 배송 아르바이트 하는 사람이 부

담하며 도중에 사고가 나도 회사는 일체 책임지지 않는다.

Q팡 플렉스를 처음 하는 날, 사고가 있었다. 2층 단독주택이었
는데 대문 위로 물건을 넘기는 과정에서 방범쇠창살에 머리를
부딪쳤다. 피가 철철 흐르고 얼굴은 피범벅이 되었다. 급히 병원
을 찾아 소독을 하고 파상풍 주사를 맞았다. 치료 후 남은 물건
들을 배송했다. 콜 센터에 전화해서 배송 중 일어난 사고에 대해
문의하니 회사에서 해줄 수 있는 건 아무것도 없다고 한다. 전화
받는 그 젊은 여성도 비정규직임은 자명하다.

전화위복이랄까? 머리에 구멍이 난 덕분에 지혜의 구멍이 뚫린
것처럼 모든 게 명확해졌다. 멍청하게도 이제야 깨닫고 말았다.
이 사회에서 비정규직으로 사는 건 정말 답이 없구나.
아르바이트로 돈을 벌면서 꿋꿋하게 버티다가 만들고 싶은 영
화를 만들면서 산다는 건 다 헛된 꿈이었구나.

기업은 돈을 벌어야겠지만 국가는 차별받는 약자를 보호해야
한다. 세금을 걷어서 할 일이 그것이다. 개인과 회사는 성장해야
하지만 국가는 분배에 초점을 맞춰야 한다. GDP 1위 국가가 되
면 뭘 하겠나? 그런데 현실은 어떤가?

시장독점 재벌 기업의 사외이사를 했던 자를 문화관광부 장관으로 임명했다. 전문성을 이용해서 자기들 배만 불린 인간들이 국가 정책을 펼치겠다고 청문회에 올라간다. 행정편의주의적인 제도는 예술가에게 거짓말과 편법을 강요하고 비굴한 감정이 들게 만든다.

나는 대단한 차별주의자다.
나는 사람을 차별하는 인간, 사람을 괴롭히는 인간을 차별하고 증오하며 경멸한다.
임대해준 가게의 장사가 잘된다고 임대료를 올려 받는 인간, 부동산 투기로 생긴 시세차익으로 골프 치며 해외 다니는 족속들, 스타를 만들어주겠다면서 성노예로 만드는 잡것들을 증오, 경멸, 차별한다.
이들은 과거 독재와 권위주의 시대에 정보기관, 군부대, 경찰에서 일했던 자들과 같다. 사람들을 잡아다가 고문하고 간첩으로 조작했던 수사관들, 또는 부산형제복지원 같은 시설을 만들어서 살인하고 폭행하고 성폭력을 저질렀던 놈들과 매한가지 인간들이다.
나는 클래식 음악을 싫어하지 않지만 남이 피땀 흘려 번 돈으로 여유 부리며 고상한 척 즐기는 인간들이 참 재수없다.

나는 이제 정규직 노동자가 되어야겠다. 4대 보험 적용되는 정규직을 찾아야겠다. 남에게 해되지 않는 직업, 남 이용해먹지 않는 직업을 찾아야겠다. 그저 성실하고 평범하게 살아가는 사람들, 출퇴근 시간에 지하철이나 버스에서 만나는 보통 사람들을 존경하면서 그냥 그들처럼 살기로 했다.

세상은
변할 수 있을까

꽃잎이 다 떨어지도록 비가 많이 오는 날, 술 마시는 사람도 많다. 자연히 대리기사를 찾는 운전자들도 많아져서 대리 운전 회사는 수수료로 떼돈을 번다. 그래도 단위시간 벌이는 역시 대리 운전이 좋은 편이다. 몸은 좀 고생이지만 최저시급도 안 되는 자원봉사 수준의 배송이나 카풀보다 훨씬 낫다. 두세 시간 딱 2건으로 4만 원이나 벌었다.

목동으로 가는 콜은 가급적 잡고 싶지 않다. 죄다 일방통행길이고 한 번 들어가면 버스 타고 나오는 시간이 너무 오래 걸린다. 버스는 저녁때까지 학원에서 공부하다 나오는 학생들로 만원이었다.

여의도를 지나다가 길음동으로 가는 콜을 잡았다.

의료 계통인지, 금융 계통인지, 대학 이름도 나오고⋯. 당췌 무슨 회사인지는 모르겠으나 상하 관계의 중년 남성 둘이 탔다. 부하 직원이 뒷자리 상석에 앉았고 상사인 차주는 조수석에 탔다. 둘의 대화는 뒷자리 부하의 가정문제 상담으로 시작되었다.

상사는 '무조건 마누라한테 맞춰주면서 지고 살아야 한다.'라고 충고했다.

"옳거니!" 하고 추임새를 넣고 싶었으나 빗길 운전에 집중해야 했다.

양화대교를 지나면서 상사의 인생지론 7가지가 펼쳐졌다.

첫째는 일 사(事), 사람에겐 일이 있어야 행복하다. 너무나 중요한 얘기다.

둘째는 아내 처(妻), 남자는 혼자 살면 꾀죄죄해지니 꼭 아내가 필요하다. 전국의 혼자인 남자들이 분노하거나 섭섭하겠지만 그런 남자들이 많은 건 엄연한 사실.

셋째는 돈 전(錢), 자본주의 사회에서 이게 첫째가 아닌 게 신기했다.

넷째는 친구 우(友), 돈만 많으면 뭐 하겠는가? 마음 맞는 친구가 꼭 있어야 한다.

다섯 번째는 즐기는 것 취(趣), 악기를 배우든 그림을 그리든 사람은 즐길 거리가 있어야 한다는 것.

여섯 번째는 건강 건(健), 아마 이게 제일 첫째일 텐데…. 이 양반, 아직 골골한 상태는 아니라 건강이 뒤로 밀린 듯.

일곱 번째는 첩(妾)이라고 하니, 부하가 "하하하" 웃으며 "첩은 말씀 안 하셔도 알겠습니다."라고 했다.

상사는 꼭 관계를 하지 않더라도 속마음을 주고받을 수 있는 이성친구가 필요하다고 했다. 부하는 "여사친, 여자사람친구 말이죠?"라고 말했다.

상사는 아내와 이혼을 하게 될 경우를 대비하려면 역시 자기 돈이 있어야 한다며, 5억을 마련하라고 후배에게 조언하기도 했다. 하~ 5억이라. 그런데 이 양반, 그 돈을 이미 마련한 모양이었다. 아버지한테 받은 땅, 갖고 있는 주식 등을 다 처분하면 그 정도 되는데 그 돈이면 혼자 30년 동안 쓰다가 죽을 수 있다고 했다. 이 사람, 버릇처럼 "사회적 지위와 체면이 있지 말이야…."라는 말을 몇 번이나 했다.

북악 터널을 지날 때, 대화는 룸살롱 등의 얘기로 흘러갔다.

상사는 왕년에 지방에서 근무하면서 그런 곳에 많이 갔지만 자기는 외간여자에게 마음이 안 열려서 한 번도 하지 않았다고 했다. 그냥 발기가 안 된 거였는데 무척 매너가 좋은 손님으로 통했다고….

이런 얘기들을 운전하는 기계처럼 묵묵히 듣다가 아파트 주차장에 곱게 주차해드리고 버스를 탔다. 이 버스에도 학원 수업을 마치고 귀가하는 학생들이 많았다.

세상은 정말 변하기 힘들겠구나, 생각하며 집에 들어왔다.

재미있는
자본주의

지난달 일본에서 오신 오모 감독님의 촬영 일정에 운전 아르바이트를 해서 돈을 번 후 수입이 변변치 않다가 최고액수의 돈이 통장에 찍혔다.

37만 580원. 3월 23, 24, 30, 31일 ㅌㄷ 드라이버로 아침 6시부터 오후 4시까지 하루 10시간, 사흘간 근무했다. 기본급은 27만 8천 몇백 원, 시간외 수당이 43,748원에 ㅌㄷ 기본 교육을 받았다는 명목으로 5만 원이 추가되었고, 기타수당 600원이 붙었다.(넌 정체가 뭐냐?)

오늘 2건의 퀵 배송을 했다. 오전 10시쯤 화곡동에서 액세서리가 든 박스 6개를 차에 싣고 왕십리로 달렸다. 그 액세서리를 처

252

2019년 03월 급여 명세서

근무지명: ○○주식회사 　성명: 김희철 　급여지급일: 2019-04-10 　(단위: 원)

지급내역		공제내역		근태내역	
지급내역	278,652	소득세	0	근무일수	900
기본급	0	지방소득세	0	당월일수	31.00
상여	0	국민연금	0		
식대	0	건강보험	0		
자가운전보조금	0	건강보험정산	0		
출산보육수당	0	노인장기요양보험	0		
비과세학자금	0	장기요양보험정산	0		
시간외수당	43,748	고용보험	2,420		
심야수당	0	신원보증보험	0		
휴일근로	0	연말정산소득세	0		
휴일연장	0	연말정산지방소득세	0		
월차수당	0	가불상환	0		
연차수당	0	학자금	0		
월할퇴직금	0	농특세	0		
자격수당	0	식대공제	0		
추가시간외수당	0	동호회비공제	0		
교통비	0	기타공제	0		
근무지원	50,000	사원증	0		
교대근무	0	선지급공제	0		
만근수당	0				
당직수당	0				
출장비	0				
기타수당	600				

리하는 공장인 것 같았다. 배송비 21,000원에서 수수료 4,200원
이 이미 빠져나가고 없었다.

집으로 돌아오다가 6만 원짜리 퀵을 잡았다. 가락동 과일가게에
서 과일 바구니 7개를 싣고 6군데를 방문해야 했다.
"쾌유를 빕니다." 병원 두 곳, 빌라 지하에 홀로 사는 부모님에게
보내는 과일, 지인에게 보내는 선물 등이었다.

12,000원 수수료가 빠지고 48,000원이 내 몫이라 해도 배송 과정에 드는 기름값은 내 부담이요, 차가 망가져도 내 책임이다.

아침 10시부터 오후 4시 반까지 시간을 맞추느라 밥 한 톨도 먹지 못하고 5시쯤 편의점에서 커피와 초코바로 허기를 달랬다.

잠깐 정차하고 있을 때 오토바이 퀵 아저씨를 보았다. 사탕을 물고 있었다. 로スト택배, 씨J택배…. 캡 모자를 쓴 배송인들이 왜 그리 마르고 초췌해 보이고 표정이 어두운지 나는 이제 그 이유를 알겠다.

사람을 피 말려 죽이는 이 시스템의 착취에 사람들은 관심이 없다. 헌법재판관을 한다는 사람은 남편의 주식 투자로 재산이 35억이란다. 이 자본주의체제 참 재밌다. 너무 재밌다.

	배송중	완료
₩60,000	방문지 7 픽업시간 11:43부터 13:00까지 경찰병원 2번 0.2km 일원 5번 0.7km … 10kg미만. 과일바구니/선불/차량필요 문제가 있으면 메세지로 남겨주세요.	#54759
₩21,000	방문지 2 픽업시간 10:00부터 10:30까지 화곡 3번 0.4km 상왕십리 2번 0.6km 3kg미만. 악세사리/앱계좌입금/10시픽업	#54700

고마운
퀵 아저씨

오전 11시부터 6시까지 퀵 배송 7건을 해서 82,000원을 벌어서 수수료 20% 빼고, 기름은 만 원 정도 썼으니 5만 원은 남겼다.

개업 집 축하 난, 투자회사의 진급축하 화분, 미장원 여사장을 꾀는 오빠의 꽃다발 등 살아 있는 식물들이 많았다. 혹여 넘어져서 생명이 다칠까 봐 커브 틀 때 조심해야 했다. 차로 운반해도 이렇게 힘든데 오토바이로 배송하는 사람들은 얼마나 힘들까? 점심도 먹지 못하고 이제야 돈가스를 먹으러 왔다. 세상살이 참 무섭다.

그래도 강남 삼성동 빌딩에서 무거운 화분을 두 손으로 들고 움직일 때, "몇 층 가세요?" 물으며 엘리베이터 버튼을 대신 눌러 줬던 퀵 아저씨가 참 고마웠다.

가난은
뭘까

택시운전 자격시험에 합격했다. 벼락치기 공부에다가 마이크를
잡고 정답 몇 개를 친절히 알려주는 택시조합 직원 덕분에 비교
적 높은 점수를 받았다. 하지만 아무 의미가 없다. 60점 이상만
되면 합격이고 평생 유지된다고 한다.
택시자격증 신청비 만 원은 무조건 현찰로 내야 했다.
중년과 노인들이 대부분이었지만 내 또래도 많았고, 더러 여성
응시자도 있었다.

삶의 질이 나아지지 않아도, 제자리에서 맴돌기만이라도 하면
어떻게든 버텨보겠는데 점점 마이너스가 커지고 있다. 고정수입
이 없는 생활이라 예상은 했다.

이제 영화 작업에 대한 미련은 눈곱만치도 없으며, 당장 돈을 벌어야한다는 강박이 앞선다.

얼마 전 사납금이 없다는 OO택시 면접을 봤다. 결과 발표 예정이 목요일이었다 하루를 연기하더니 또 다음 주로 미뤄졌다. 완전히 희망고문이다.

돈이 썩어나도록 주체할 수 없어 마약과 성매매에 빠진 인간들의 모습이 연일 뉴스에 나온다. 딴 나라 세상의 얘기 같지만 분명 대한민국에서 벌어지고 있는 일이다. 각 분야의 전문가들이 장관에, 법관에 임명되는데 하나 같이 엄청난 부자들이다. 돈이 많은 건 죄가 아니나 공직에 있는 사람들이 왜 그리 돈이 많아야 하는지, 왜 그런 사람들밖에 찾지 못하는지, 이해되지 않는다.

다음 선거에서 현재의 여당을 찍을 일은 없을 것 같다. 그렇다고 다른 대안이 보이지도 않는다. 정치에 실망한 사람들은 투표를 포기할 것이다. 재판을 받고 있는 전직 대통령들과 같은 인물이 다시 등장하여(아니 이미 등장했다) 현재의 여당에 대한 혐오를 발판 삼아 사람들을 선동한다. 그들은 정신이 늙었지만 엄연히 한 표의 선거권을 가졌기에 존중받을 자격이 있다. 제1 야당은 다시 집권할 가능성이 높다.

각종 4차 산업 회사들이 20% 이상의 수수료를 챙기면서 부를 축적하고 대형 건물주들의 수입도 줄어들지 않는다. 부자들의 자녀들은 좋은 학벌에 좋은 직장, 좋은 집을 얻는다. 다 그들의 타고난 복이니 뭐라고 하면 안 된다. 정말로 없는 사람들이 얼마나 힘든지 사실 나도 잘 모른다.

가난은 죄요, 천형이다. 대통령 한 사람이 어찌할 수 없는 노릇이다.

고객들은
여유로웠다

일요일 오전 6시에 출근하기 버튼을 누르고 대기하는 지역으로 차를 몰다 보면 어김없이 이태원에서 콜이 뜬다. 밤새도록 술과 춤에 에너지를 다 써버려 흐느적거리는 젊은이들이 거리에 쏟아져 있다. 그리고 그들의 손짓을 애타게 기다리는 택시들이 줄지어 있다. 혈기왕성한 남자애들의 싸움이 벌어져 소란이 일기도 하고 소방서의 차량 진출로가 막히기도 한다.

ㅌㄷ의 고객들은 강남으로 가거나 강남에서 강남으로 이동하는 고객들이 많다. 강남에는 온갖 편의시설과 가게들이 많아서 돈을 쓰기도 돈을 벌기도 좋은 곳이다. 고속도로를 타면 바로 전국으로 빠질 수도 있다.

이태원 윗동네 골목길에는 성북동의 부촌처럼 담 높은 집들이 많다. 이태원과 가까운 한남, 옥수, 약수는 강의 북쪽이지만 다리 하나만 건너면 그런 강남과 직방으로 연결된다. 또 터널 하나만 지나면 시청, 광화문으로 가기도 쉽다. 용산역 가까운 이촌동도 부자 동네인데 일요일 아침엔 교회에 온 자가용들로 일대가 주차장이 된다.

40대로 추정되는 여성과 그녀의 늙은 부모는 한 달 살이 여행을 가는지 여행가방 세 개가 모두 송아지만 했다. 호출지에 도착해서 실어드리고 하차 후에도 내려드렸다. 당연한 서비스인데도 무척 고마워했다.

성수에서 역삼동으로 가는 20대 여성은 호출지에서 한참을 기다리게 한 끝에 타더니 얼굴을 '톡톡톡톡' 두드리며 화장을 했다. 좀 과장하자면 거의 자기구타 수준으로 그 소음이 컸다. 부모가 불러준 콜로 야구장에 가는 야구복장 소년, 역시 엄마가 불러준 콜로 강남으로 가면서 친구와 유창한 영어로 통화하는 소녀를 태우기도 했다. 정말 자그마한 아기를 안고 신혼부부가 탔을 땐 좀 더 신경 써서 살살 몰았다.

운행을 마치고 특이사항 일지를 보내고 오후 4시에 퇴근하기 버튼을 누른 후 귀가했다.

보고 싶었던 선배를 만나 유진상가 근처에서 술을 마셨다. 선배는 소주를 마시고 나는 막걸리를 2병 넘게 마셨다.

글로벌 시대의
택시기사

택시회사에 취업하기 위해서는 무조건 16시간의 신규교육을 받아야 한다. 택시자격증 시험을 통과한 200명 넘는 피교육자들 중엔 청각장애인 예비기사도 있었다.

강단 오른쪽 아래에서 이들을 위한 수어 통역이 진행됐다.

200만km를 뛴 베테랑 기사가 마이크를 잡고 이런저런 노하우를 가르쳐준다. 지하철역 입구 번호는 상행방향 우측이 1번이고 시계방향으로 매겨졌다. (단, 교대역은 지역 상권들이 자기들 맘대로 원칙을 무시했다고…) 전화로 콜을 부르는 승객들 중에는 자신이 탈 장소를 아주 세세하고 정확하게 말하는 사람들이 있는데 가서 보면 시각장애인이라고 한다.

글로벌 서울의 택시기사는 중국어, 일어, 영어로 기본 회화는 가
능해야 한다.

"헬로우, 웨얼 우쥬 라익 투 고? (Hello, Where would you like to
go?)"
"니 하오, 따오 션머 띠팡? (你好, 到什么地方?)"
"곤니찌와, 도찌라마데 마이리마쇼~까? (にちは。どちらまで参り
ましょうか。)"

모두 "안녕, 당신은 어디로 가시렵니까?"라는 의미다.

신종
계급사회

어제는 이른 아침 콜이 전혀 없어서 차 안에서 대기하며 선잠을 청했다. 쌀쌀한 새벽 온도에 입고 나온 점퍼는 훌륭한 무릎담요가 된다. 의자를 젖혀서 허리를 편하게 하더라도 발은 브레이크와 액셀러레이터 페달이 있는 좁은 공간에 내려두어야 한다. 커다란 배의 기관실 어딘가에서 불편하게 몸을 웅크리고 있어야 하는 밀항자나, 한쪽 눈은 자더라도 한쪽 눈은 뜨고 있어야 하는 잠복형사보단 편한 신세다.

8시 반이 되서야 배차 알람 소리가 울렸다. 15초 내에 수락을 눌러야 한다. 여행용 바퀴가방을 들고 강남에 있는 성형외과병원에 입원하려는 여성 승객이었는데 아파트로 들어와 달라고 한

264

다. "네, 조금만 기다려주세요~."

아파트에서 호출하는 승객을 태우러 내비게이션을 믿고 가다간 낭패 보는 일이 가끔 있다. 내비게이션은 입주민 전용 출입구까지 구별하지 못하기 때문이다. 할 수 없이 빙 돌아 외부인도 출입할 수 있는 입구로 들어가서 고객을 만나야 한다. 다행히 인내심이 많은 고객은 기다려주지만, 인정머리 없는 고객은 운행 내내 뾰로통해 있다가 도착지에 내린 후 드라이버에 대한 낮은 평점으로 복수한다.

아파트가 지어진 공간의 대부분은 예전에 개미골목이나 언덕배기 달동네였다. 사는 사람들이 가난할지언정 오고 가는 사람을 차별하거나 막아서지는 않았다. 아파트를 드나드는 외부인은 주로 택배직원, 대리 운전기사, 음식배달원 등인데 입주민 아이들의 교통안전을 지킨다는 명목으로 괜한 죄인 취급을 하며 지하로만 다니라는 곳도 생겼다.

강남 쪽으로 빙빙 돌던 어제는 젊은 여성 승객이 많았다. 이들 대부분은 택시에 대한 혐오, 반감 등으로 ㅌㄷ를 애용하게 된 것이리라. 나라도 돈만 넉넉하면 절대 택시를 타지 않고 ㅌㄷ만 부르겠다. 이 신종 운송 서비스는 깔끔하고, 퀴퀴한 냄새도 없고,

쓸 데 없이 말도 걸지 않고, 돈 계산으로 시비하는 일도 없다. 게다가 계속해서 드라이버를 모집하고 있다. 그만큼 수요가 증가하고 있다는 얘기다.

ㅌㄷ 드라이버는 정말 기계처럼 운전만 하는가? 그렇지 않다. 밤 말은 쥐가 듣고 낮말은 새가 들으며 차 안에서 나누는 대화는 드라이버가 엿듣는다. 어제 강남에서 연예인처럼 생긴 여성이 어느 미용실로 가면서 누군가와 통화하는데, 요즘 연일 뉴스에 오르는 클럽에 대해 얘기하는 것 같았다. "어디가 매출 1등이고, 어디가 2등이고…. 원래 모르는 사람은 안 받는 곳인데 사장이 욕심 부리다가 뽀록난 거다…."

가난한 사람들이 넘쳐나는 만큼 흥청망청 돈 잘 쓰는 사람들도 많다. 양극화라고 말하지만 계급 사회라 부르는 게 더 맞겠다.

꼰대
되기

오후에 이촌동에서 방배동 학원으로 가는 젊은 친구를 태웠다. 유튜브를 보는지 그 소음이 무척 크고 거슬렸지만 줄여달라고 말하지 못했다. 시비라도 붙어 괜한 문제가 생기면 운전기사인 나만 손해를 보기 때문이다. 학교에서, 학원에서 남을 배려하지 않는 학생에게 아무런 지적을 해주지 않는 이유를 알 것 같다. 내가 손해를 보기 때문이다. 부모의 책임을 묻는 것도 부질없다. 부모는 학원비, 등록금 버느라 바빠서 아이에게 관심을 쏟을 수 없을 것이다. 오로지 나의 관심과 나의 이익과 내가 받는 고통만 중요하고 타인에 대한 존중, 공동체에 대한 배려가 없는 신세대의 출현은 이미 오래 전부터 진행되고 있었다. 이런 것에 대해 이야기하면 꼰대 취급을 받는 것 같아서 씁쓸하다.

남겨진
원망

ㅌㄷ 드라이버를 주말반만 해서는 살림살이 적자가 빤하고 평일 돈벌이도 시원치 않아서 결국 평일 반으로 옮겼다. 나도 이제 주5일 근무자가 된 것이다. 새로 옮긴 드라이버 채용 업체는 택시자격증 보너스를 인정해주지 않았다. 매월 5만 원 더 준다기에 열심히 벼락공부해서 땄는데 말짱 도루묵이 되었다. 그래도 늘그막에 택시기사를 할 수도 있으니 따두긴 잘 했다.

밤에 출근해서 아침까지 일하는 근무시간에 몸을 적응시키기 위해선 해외여행자들이 겪는 시차적응이 필요했다. 대중교통이 다니는 시간이니 출퇴근이 편하고 차고지도 전보다 가까워진 것은 다행이다.

268

출근버튼을 누르고 지하 6층 주차장에서부터 줄지어 뺑글뺑글 올라가는 차들은 모선에서 출격하는 전투기 같다. 신분은 일당 벌이 프리랜서일 뿐이지만 나름 최선을 다해 고객을 안전하게 모시는 서비스 솔져(Soldier)다. 취객도 종종 있지만 고주망태의 상태는 아니었다. 클럽에서 나온 것으로 보이는 젊은 남성 두 명은 내내 여성을 상품처럼 여기는 얘기를 나눴다.

새벽이면 스티로폼 등의 쓰레기를 수거하는 미화원, 손님을 찾다가 ㅌㄷ 차를 보면 인상을 쓰는 택시기사 등을 보게 된다. 손님이 뜸한 시간엔 배차 소리에 귀를 연 채 긴장 상태로 선잠을 잔다. 해가 뜨는 시간부터 분주해지는 세상을 보고 있으면 몇 시간 전, 밤의 상황들과 극명하게 대비되는 것을 느낀다.
어둠과 밝음, 고요함과 분주함, 한적함과 복잡함. 그래서 돈이라는 것도 그토록 불공평하게 분배되는 걸까? 누구들은 너무 많아서 주체를 못 하고 또 누구들은 딱 굶지 않을 만큼 벌면서 죽지 못해 살아가고….

출근할 땐 오토바이로 출근했는데 퇴근할 땐 비가 와서 버스로 귀가한다. 비 맞지 않는 곳에 세워뒀지만 괜히 걱정된다. 왜 그냥 두고 갔냐고 원망할 것 같다.

세상의
불쌍한 사람들

비가 와서 마치 코팅한 책받침처럼 번쩍거렸던 거리가 치약을 풀어 청소하고 난 마룻바닥 같이 말끔하게 말랐다. 취객들의 구토도, 아재들이 뱉어낸 침자국도 모두 지워졌다.

세상에 비가 절대 필요한 것처럼 사람에게 절실히 필요한 건 어설픈 위로나 치유가 아니라 여유로운 휴식이다.

예상대로 금요일 밤엔 콜이 많았다. 연이은 운행을 마치고 휴식을 위해 차를 세우고 시동을 끄려고 할 때, 라디오에서 좋아하는 음악이 나오면 시동 상태를 그대로 유지하다가 곡이 끝나야 비로소 stop 버튼을 누른다.

이것은 영화를 보러 가서 엔딩 크레딧이 다 올라간 후에 일어서

270

는 것과 마찬가지로 음악에 대한 예의다. 하지만 TV에서 해주는 영화들은 꼬리지느러미가 잘린 것처럼 엔딩 크레딧 대신 광고가 나온다. 우장창창 때려 부수는 미제자본주의 영화들을 보러 간 사람들은 그런 게 뭐냐며 우르르 빠져나간다.

액션영화는 영화관에서도 볼 수 있지만 방송 뉴스에도 넘친다. "헌법 수호, 독재 타도"를 외치다가 어디선가 가져온 쇠막대를 들고 하는 '연장 액션'도 있고, 성희롱을 언급하는 '헐리우드 액션'도 있다. 몇십 년 전 그 독재의 시절, 다치거나 고문당했거나 죽었던 사람들이 그 액션들을 본다면 어떤 느낌이 들까?

죽은 이들도 불쌍하지만 실은 살아남은 사람들이 더 불쌍할 수도 있다.
악다구니 같은 존재들과 같은 공간에서 숨을 쉬며 살아간다는 것은 화생방 훈련보다 더 끔찍한 일이다. 보통 일이 아니다. 그래도 산 자는 죽은 자의 명복을 빌어야 한다.
인간이 금수와 다른 가장 큰 특징은 죽은 자에 대해 애도를 표하는 것이다.

교회를
바라보며

• 하느님께서 디자인하신 건 아닌 듯

내 사랑
드라이버

차를 모는 일이 가장 마음에 편하고 적성에도 맞는다. 내 사주에 역마살이 들었는지는 잘 모르겠지만 확실히 여기저기 다니는 일을 좋아한다. 비행기보다는 땅에 붙어 가는 기차가 좋고, 땅 밑으로 다니는 지하철보다는 거리 구경을 할 수 있는 버스가 좋다.

1996년 12월부터 1999년 2월까지 운전병으로 복무할 땐 주로 두 돈 반(2와 1/2톤) 트럭을 몰았고, 제대 후엔 집에 있던 지프차를 몰았다. 그 지프차, A시아자동차표 R2는 내가 1994년도 육사에 입학했다고 기분이 좋아지신 아버지께서 시멘트를 팔아 모은 돈으로 샀던 차였다. 육사 중퇴 후 그 차를 내가 가끔 몰고 다니는 꼴을 보면서 아버지께서는 얼마나 열불이 나셨을까?

제주도에서 살 땐 1톤도 안 되는 라BO 트럭을 사서 도내 이곳 저곳을 다니며 돈을 벌었다. 후배의 도움으로, 농사지을 때 쓰는 액체 비료가 든 통들도 날랐고 종이 박스나 고철도 실어다 고물 상에 팔아먹었다.

아버지 관할의 철물점에서 일할 때도 1톤 봉GO를 운전해서 물건 배달하는 시간이 가장 행복했다. 툭 하면 손님들이나 바지사장 작은형과 싸우는 아버지의 우렁찬 목소리 대신 좋아하는 라디오 음악을 들을 수 있는 시간이라 그랬다.

하지만 차를 모는 일을 완전한 업으로 삼게 되면 운전에 대한 내 애정도 점차 사그러들 것은 뻔하다. 좋아하는 것을 업으로 삼지 말라 하지 않는가?

내년 4월까지 주중 4일, 비디오 보는 일을 하게 되었다. 에로물의 비중이 많아서 고자인 사람에겐 고역스러운 노동이다. 하지만 운전보다는 훨씬 덜 위험하고 편한 일이다. 주중 야간에 하던 ㅌㄷ 드라이버는 다시 주말 반으로 옮겼다. 신촌으로 가는 손님한 건을 마친 후 책을 폈는데 거리 조명이 약하다.

바깥사람들

대학의 캠퍼스들이 정문으로 들어와 후문으로 나가려는 차량에 주차비를 징수하는 것은 교육공간이라는 명분으로 공공의 것이었던 땅을 사유화하는 것이다. 애초엔 아무나 지나갈 수 있었던 아파트 단지 내의 도로에도 바리케이드가 설치되어 입주민을 제외한 차량의 출입을 막는다. 이처럼 대학 캠퍼스도 아파트 단지도 내가 속한 집단이 아닌 바깥사람들을 배제하는 공간이 되어버렸다.

대학이라는 이 드넓은 공간은 상아탑이라는 미명 아래 입시를 통해 들어오지 못한 사람을 차별하고 무시하는 분위기를 만들어낸다. 음식을 배달하는 오토바이, 곳곳을 청소하는 사람들이 형상은 인간일지 몰라도 인간 취급은 받지 못했다.

그런 공간에서 2~4년을 보낸 졸업생들이 회사에 취직을 하거나 사업체를 차리고 돈을 벌고 아파트를 샀다. 아이를 낳고 학교를 보내면서 나와 내 가족은 절대로 육체노동자의 삶을 살지 않도록 죽을힘을 다해 노력한다.

이러한 과정은 계급의식을 만들어가고, 사회는 아파트 부동산으로 부를 쌓는 층과 그렇지 못한 계급으로 나뉘어 그 소득의 격차는 커져만 간다.

아파트 문화의 근원은 대학 캠퍼스다. 못 배운 자들을 차별하고 배척하는 것은 늘 배운 자들이다. 정확히 말하자면 잘못 배운 놈들, 헛것만 배운 놈들이다.

내 삶의
평가는

얼마 전

"[모바일 상품권]

5월 가정의 달을 맞아 ㅌㄷ 드라이버 여러분을 위한 선물을 준비

했습니다. 언제나 감사드리며 5월에도 안전 운행 부탁드려요."

라는 문자가 왔다.

S세계 5,000원 상품권이었다. 같은 재벌 계열인 E모마트에서도

사용할 수 있는 줄 알고 오토바이를 타고 갔더니 백화점에서만

교환할 수 있다고 퇴짜 먹었다.

일요일 오전, ㅌㄷ 운행을 마치고 한국은행 앞 분수대 옆에 있는

백화점까지 걸어갔다. 면세점과 같이 있는 곳이라 원정 쇼핑을

온 중국인, 동남 아시아인들이 많았지만 한국인 쇼핑객도 제법 있었다.

샤넬, 구찌, 프라다 등 명품들이 먼지 하나 없는 공간에서 번쩍거리고 있었다. 가구를 전시하고 있는 층에서 5,000,000원 가격표가 붙은 소파도 보았다.

5,000원 상품권 한 장 가진 나는 그곳에서 아무것도 살 것이 없었다.

몇 시간 전, 그러니까 일요일 아침에 송파 재벌 캐슬 아파트의 드넓은 지하 주차장에서 5분 이상 대기하고 난 후 기생오라비 같은 슈트 차림의 젊은 남성을 태웠다.

"안전벨트 부탁드립니다." 등등의 고정 멘트를 날리고 주차장 출구의 좌우측 중 어느 쪽으로 나갈까 갈등하고 있는 순간이었다.

"저기로 나가면 강남역 쪽으로 가는 도로가 나올 텐데…"라며 은근슬쩍 반말을 하기에 "이봐요, 젊은 친구. 나랑 구면이세요? 왜 초면에 반말을 하고 그러세요?"라고 말했다. 하지만 내 가벼운 단어들이 무거운 입술을 들어 올리진 못했다.

강남구청역까지 운행하는 동안 이 오라비는 유튜브를 크게 틀어 놨는지 해설하는 음성이 다 들렸다. 외제 차의 제원 등을 소개하는 내용이었는데 그 차의 가격이 '1억 5백만 원'이었다. '아,

너의 주 관심사는 그렇구나.' 생각하면서 도착지에 다다르자 사거리 횡단보도에서 내려달라고 주문한다.

횡단보도에서 정차하는 건 위험할 뿐만 아니라 법으로도 금지된 사항이었다. 하지만 고객이 원하시는데 무슨 똥배짱으로 거부하겠나? 원하시는 바대로 하차시킨 후 요금 정산을 누르고 고객 평가에 들어갔다.

당연히 '싫어요.'를 선택한 후 그 이유로 '5분 이상 대기 요구'와 '불쾌한 언행', 그리고 '교통법규 위반 요구' 항목을 지긋하게 눌러드렸다.

그렇지만 나의 이 소심한 소원수리가 얼마나 위력을 발휘할지는 ㅌㄷ 본사 담당자만 알 뿐이다.

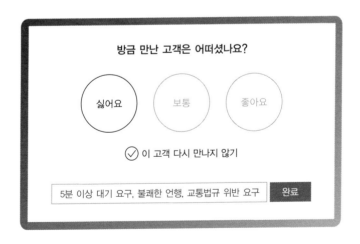

의지와
지혜가 필요하다

벌써 1,000대가 넘어버린 ㅌㄷ의 드라이버로 주말마다 부업을 하고 있지만 'ㅌㄷ는 택시가 아니라 렌트카'라는 주장은 눈 가리고 아웅하는 것 같다. ㅌㄷ는 소비자 입장에서 보면 그냥 쾌적하고 넓은 고급 택시다. 드라이버들은 일당을 한 달 단위로 받는데, 이들을 선발하고 해고하는 주체는 ㅌㄷ 본사가 아닌 인력회사들이다.

'공유경제'라고 한다면 수익을 창출하는 과정과 그 성과를 공유해야 맞지 않나? 하지만 실상은 데이터를 쌓아가는 소수에 의해 통제되고, 이익은 독점되는 형국이다. 계약을 맺고 노동력을 제공하는 이들, 즉 드라이버, 드라이버를 뽑고 관리하는 인력회사

직원, 콜센터 직원, 차량 세차 담당자 등 많은 이들이 일자리를 얻어 밥벌이를 하고 있다. 그렇지만 이들 모두는 각자 매뉴얼대로 움직이다가 문제가 생기면 하루아침에 해고 통지를 받을 수 있는 '을'일 뿐이다. 이들은 향후 인공지능 기계들로 하나씩 하나씩 대체될 것이다. 자율주행 자동차, 자동 배차 프로그램, 자동 응대 콜센터, 자동세차 기계…. 모든 것이 자동화되면서 인간은 두 부류로 나뉠 게 뻔하다. 자본을 누리며 풍족하게 사는 그룹과 자본을 떠받치며 허드렛일을 하는 그룹.

세상이 이렇게 급격하게 변하고 있는데 택시 기사들과 택시 조합들의 막가파 식 시위를 보면 눈곱만큼의 동정도 가지 않는다. 점잖고 친절한 택시기사들도 많긴 하지만 손님이 없을 때 마음대로 흡연하거나 무법자처럼 난폭 운전하는 택시들이 여전히 상당히 많다. 아무리 요금을 올린다 해도 그 구조가 바뀌지 않는 한 택시의 문제점을 해결하는 건 요원하다.

하루 10만 원 넘는 사납금을 채워야만 100만 원 조금 넘는 기본급을 받는다. 나머지 수익을 자기 몫으로 가져가려면 사납금 제도 때문에 죽어라 과속을 하고 승차거부를 해야 한다. 그러나 택시 회사들도 가스비, 차량 관리비, 보험료 등 여러 비용 때문에 사납금 제도를 쉽게 바꿀 수 없다.

이 악순환의 고리를 끊을 수 있는 것은 결국 의지를 가진 중재자다. 공유경제를 내건 독점 기업의 독주를 제어하고, 능력 없는 택시 회사를 과감히 정리하며, 경제적 약자들의 삶을 보호하는 제도를 밀어붙일 수 있는 의지. 그리고 그것을 지혜롭게 풀어가는 믿음직한 누구.

– 분신한 또 한 분의 택시기사의 명복을 빌면서

이태원의
무지개 밤

토요일엔 이태원으로 가거나 이태원에서 귀가하는 사람을 꼭 태운다. 오늘 시청 쪽에서 퀴어축제에 참가한 사람들이 2차로 이태원에서 모였나 보다. 젊은이들과 외국인들이 인산인해를 이뤘다. 홍SC 사장의 빛나는 머리도 봤다. 왕복으로 기껏해야 4차선인 도로는 수백 대의 택시들로 주차장이 되었고, 그 사이에 몇 대 낀 ㅌㄷ 드라이버는 괜한 시비에 걸릴까 노심초사하며 콜을 부른 승객을 찾았다.

버닝썬 사태 덕분에 전국 방송으로 홍보된 클럽 문화는 이태원, 강남, 홍대 등에서 활활 번창하고 있다. 그동안 클럽을 드나드는 젊은이들을 여러 번 태웠었다. 한 번은 운행을 마치고 차량 쓰레기를 확인하다 클럽에서 손목에 끼우라고 나눠주는 종이 팔찌도 보았다. 젊을 때 놀지 언제 놀겠는가? 젊을 때 불타는 밤을 보내본 적이 많지 않은 사람은 변태가 될 가능성이 다소 높다. 학술적으로 밝혀진 바는 없지만.

그렇지만 젊은이들의 방탕이 암울한 사회에 대한 반항과 절망에서 비롯된 것이라면 이는 '망조의 전조'가 아닐까? 수십 년 동안 월급 한 푼 쓰지 않고 모아봤자, 아파트는 고사하고 빌라에서 전세로 살 수 있는 목돈도 마련하기 어려운 현실이다. 금 수저, 다이아몬드 수저, 아니면 계급사회의 노동자로 기생하며 살아야 하는 환경이라면 젊은이들이 도피할 곳은 광란의 클럽과 게임의 가상공간뿐이다.

'세계는 넓고 할일은 많던 시대'는 옛말이고 세상은 부동산 부자들의 것일 뿐, 할 일은 그다지 마땅치 않다. 그나저나 동성애에 반대하는 대한애국 아저씨 아주머니를 향해 강력히 외치고 싶다. 나는 비염 알러지를 혐오하고 반대한다.

선택의
매뉴얼

웬만하면 S ㅋ주유소에 가지 않는 건 전씨의 친구인 노씨의 사위 회사가 부자 되는 데 내 돈까지 보탤 필요가 있나 싶어서였다. 제주도에 살 땐 달랑 S ㅋ주유소만 있는 지역이 많았다. 기름이 바닥날까 두려워서 어쩔 수 없이 이용했지만, 주유소가 다양한 서울에서는 가급적 저렴하고 포인트도 쌓을 수 있는 주유소로 간다.

사람에겐 선택의 권리가 있다. 헌법에 보장된 인간 본연의 권리다. 내가 살고 싶은 곳에 이사할 권리, 내가 먹고 싶은 것을 사먹을 수 있는 권리, 내가 입고 싶은 옷을 걸칠 수 있는 권리, 내가 보고 싶은 영화를 감상할 수 있는 권리, 맘에 들지 않는 인간을 거부할 수 있는 권리….

현실은 어떠한가? 집을 이사하는 것은 내가 가진 목돈의 규모에 따라 정해진다. 먹고 싶은 것들은 방송국의 '먹방'을 통해 침만 꼴깍 넘기는 경우가 많다. ㅌㄷ 드라이버의 복장은 어두운 계열로 상의엔 반드시 칼라(collar)가 있어야 한다. 쉬는 날 영화라도 보러 가면, 잘나가는 작품이 "이거 보지 않으면 넌 바보가 된다." 라고 조롱하듯 스크린을 싹쓸이하고 있다.

깊은 새벽, 동대문역사문화공원… DDP 옆 골목에 도착해 콜을 부른 승객을 기다렸다. 한 여성 승객이 툴툴거리는 표정으로 걸어오더니 "나는 분명히 저기 정문으로 찍었는데 꼭 이곳으로 오더라구." 하면서 반말이다. 도착지에 가서는 "저기 트럭 앞에서 세우면 되요." 하더니 트럭 앞에 서서히 다다르자 "Stop!"이라고 외치신다. "What the fuck! 넌 뭔데 아까부터 반말이니? 이 빠가야로!"라고 소리 질렀다. 하지만 왜색 짙은 나의 말은 그녀의 얼굴 10cm 앞에서 무참히 삭제되었다.

그래도 나에겐 하나의 선택권이 남아 있었다. '이 승객 어땠어요?'라는 앱의 물음에 '좋아요, 싫어요' 중 후자를 누르고 '무슨 문제가 있었나요?'의 여러 항목 중 '불쾌한 언행'의 버튼을 눌렀다. 이제 인간은 매뉴얼화 된 선택권에 만족하며 살아가는 존재가 되었다.

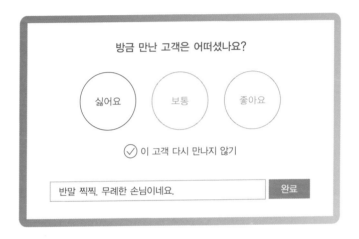

이야기를 마치며

5월이 되면서 평일에 사흘 혹은 나흘돌이로 나가는 일거리를 잡게 되었다. 덕분에 대리 운전은 많이 나가지 않고, 주말에만 ㅌ ㄷ 기사로 아르바이트를 한다. 어제는 평일에 하는 일이 갑자기 취소되어 빈둥거리게 되었는데, ㅌㄷ 평일 근무자 한 분이 운행을 하지 못하게 되어 대신 운행을 나갔다. 놀면 뭐 하나? 돈 버는게 좋지.

평일 목요일 밤은 한산했다. 심야 영화를 보고 나온 연인, ㅌ ㄷ를 처음 이용해봤다며 이것저것 물어보는 여성, 코를 심하게 고는 남성 등을 태웠지만 평소보다 콜이 적었다. 빈차가 되면 차를 세워놓고 충분히 쉬었다. 내 일당보다 덜 버는 느낌에 미안함을 느낄 수도 있지만 없는 손님을 만들 순 없었다.

운행을 마치고 귀가 후, 얼마 전에 보험설계사를 시작한 초등학교 때 친구를 만나서 운전자 보험을 하나 들었다. 만약에 사고가 나서 차량이 망가지거나, 운행 중인 차의 승객이나 상대방 차에 탔던 사람이 다치게 되면 회사에서 가입한 보험이 처리해준다. 하지만 내가 다치는 것에 대한 보상은 없다. 오히려 차량 파손에 대한 면책금 50만 원을 내야 한다. 혹시라도 생길 수 있는 사고에 대비해 오늘 37,100원짜리 보험을 든 거다. 변호사비도 처리되고 정말 재수없게 죽으면 1억도 나온다.

친구는 엑스트라로 부업을 한다. 재작년에 만들었던 〈이중섭의 눈〉에서 한묵 화가 역으로 잠깐 출연도 했었는데 나는 아무것도

준 게 없었다. 그래도 다음에 영화를 찍으면 또 우정출연을 해준다고 말한다. 친구는 보험설계사로 투 잡을 뛰라고 권유했다. 자기하기 나름이지만 수입도 괜찮다고 한다.

이제 2019년의 6월이 지나갔고 내 나이도 40대 중반이다. 새파랗게 젊을 때는 아니지만 앞으로 할 일이 많은 창창한 나이라고 할 수 있다. 다가오는 날들이 지금 보다 더 나아질 수도 있고 그냥 별 신통치 않을 수도 있다. 내일 일은 정말 아무도 모른다. 내가 잘 되건 그렇지 않건 간에 나는 나만 잘살면 되는 사회에서 살고 싶지 않다. 나도 잘되고 내 주변도 잘살고 세상 사람들이 모두 맘 편히 살았으면 좋겠다. 하지만 그런 세상은 오지 않을지도 모른다. 오늘도 노숙하는 사람들이 있을 것이고 내일도 목숨을 걸고 투쟁하는 사람들이 있을 것이다. 내가 그들을 적극적으로 돕거나 구제할 수 있는 사람이 되지 못한다면 최소한 그들에게 민폐를 끼치며 살고 싶지 않다.

내가 썼던 글을 읽는 사람들이 남을 배려하는 마음을 한 번이라도 더 써준다면 그것만큼 좋은 일은 없을 것 같다. 내가 뱉는 말, 내가 하는 행동을 남이 어떻게 받아들일지, 내가 가져가는 이익이 남의 희생을 지나치게 강요하는 것은 아닌지, 생각하며 살아가는 사람이 많아지면 좋겠다. 불법이 아니라고 해서 모든 게 정상이라고 할 수 없다. 부동산 임대료로 먹고사는 것이 법에 어긋

난 것은 아니다. 하지만 임차인에게 터무니없는 금액을 요구하며 생존권을 박탈하는 것은 사회를 병들게 하는 종양이다. 공유경제를 내세우며 기존 산업의 약자들을 몰아세우는 것은 점령군의 심보와 같다.

필자의 주제넘은 생각들, 잡스러운 문장들을 마지막까지 읽어주신 독자 여러분에게 진심으로 감사의 인사를 드리며 글을 마친다.

2019년 7월, 홍은동에서 김희철